谷崎潤一郎
鍵
・
열쇠

창비세계문학
16

열쇠

타니자끼 준이찌로오
이한정 옮김

창비

Kagi
By Tanizaki Jun'ichiro
Copyright ⓒ 1956 Kanze Emiko
All rights reserved.
Originally published in Japan by Chuokoron-Shinsa, Inc., Tokyo.
Illustration ⓒ 1956 Munakata Shiko
Korean translation copyright ⓒ 2013 Changbi Publishers, Inc.
Korean translation rights arranged with Chuokoron-Shinsa, Inc., Japan
through The Sakai Agency and Imprima Korea Agency.

이 한국어판의 판권은 임프리마 코리아를 통해
저작권자와 독점 계약한 (주)창비에 있습니다.
저작권법에 의해 보호를 받는 저작물이므로 무단 전재와 복제를 금합니다.

차례

•

열쇠
7

작품해설 / 성을 둘러싼 인간존재의 불투명성
183

작가연보
200

발간사
205

일러두기
1. 이 책은 谷崎潤一郎『鍵かぎ』(中央公論新社 1973)를 번역 저본으로 삼았다.
2. 이 책에 들어간 삽화는 1956년『중앙공론(中央公論)』연재 당시 함께 실린 무나까따 시꼬오(棟方志功, 1903~75)의 작품이다. 타니자끼 준이찌로오의 뜻에 따라 중앙공론신사에서 발간된 단행본『열쇠』에 전작 수록되었으며, 한국어판에서도 이를 그대로 살렸다.
3. 본문 중의 각주는 옮긴이의 것이다.
4. 원문에서 카따까나(カタカナ)로 표기된 남편의 일기와 히라가나(ひらがな)로 표기된 아내의 일기는 각각 서체를 달리하였다.
5. 외국어는 되도록 현지 발음에 가깝게 표기하되, 우리말 표기가 굳어진 것은 관용을 따랐다.

1월 1일. ……나는 올해부터 이제까지 일기에 쓰길 주저하던 내용들도 과감하게 적어두기로 했다. 나는 나 자신의 성생활에 관한 것, 나와 아내의 관계에 대해서는 그리 자세히 쓰지 않았었다. 그것은 아내가 이 일기장을 몰래 읽고 화를 내지나 않을까 두려워서였지만, 올해부터는 읽히는 것을 두려워하지 않기로 했다. 아내는 이 일기장이 서재의 어느 서랍에 들어 있는지 분명히 알고 있을 것이다. 쿄오또의 고풍스러운 집안에서 태어나 봉건적인 분위기 속에서 성장한 그녀는 여전히 시대에 뒤처진 구식 도덕을 중히 여기는 면이 있고 어떤 때에는 그것을 자랑스럽게 여기는 경향도 있어서, 설마 남편의 일기장을 훔쳐보는 짓은 하지 않겠지만, 그러나 반드시 그렇다고 할 수 없는 이유도 있다. 지금부터 종래의 예를 깨고

부부생활에 관해 빈번하게 적는다면, 과연 그녀는 남편의 비밀을 찾아내고 싶은 유혹을 이겨낼 수 있을까? 그녀는 천성이 소극적이며 내숭스럽고, 비밀을 좋아하는 구석이 있다. 그녀는 알고 있는 것도 모른 체하며, 언제나 마음에 담아두고 있는 것을 쉽사리 입 밖으로 내지 않는데, 옳지 않게도 그것을 여자의 미덕이라고 생각한다. 나는 일기장을 넣어둔 서랍 열쇠를 항상 모처에 숨겨놓고 가끔씩 숨겨놓는 장소를 바꾸지만, 찾아내기를 좋아하는 그녀는 어쩌면 과거의 숨겨둔 장소까지 모두 알고 있을지도 모른다. 하기는 그렇게 번거롭게 굴지 않아도 그런 열쇠 따위는 얼마든지 같은 것을 구할 수 있을 것이다. ……나는 방금 "올해부터는 읽히는 것을 두려워하지 않기로 했다"고 했지만, 생각해보면 실은 전부터 그다지 두려워하지 않았는지도 모른다. 오히려 내심 읽히기를 각오하고 기대했는지도 모른다. 그렇다면 왜 서랍에 자물쇠를 채우고 그 열쇠를 여기저기 숨겼던가. 그것은 아마도 그녀의 수색벽을 만족시

키기 위해서인지도 모른다. 게다가 그녀는 내가 만일 고의로 그녀의 눈에 띄기 쉬운 곳에 일기장을 두면, '이것은 나보고 읽으라고 쓴 일기로구나'라고 생각해서 쓰여 있는 내용을 믿지 않을 것이다. 뿐만 아니라 '진짜 또 하나의 일기를 어딘가에 숨겨놓았을 거야'라고 생각할지도 모른다. ……이꾸꼬, 사랑하고 사랑스러운 나의 아내여, 나는 당신이 정말 이 일기를 훔쳐보는지 어떤지 잘 모른다. 내가 당신에게 그런 것을 물어보면 당신은 "다른 사람이 쓴 것을 훔쳐보는 짓 따위는 하지 않아요"라고 대답할 것이 분명하기에 물어봐도 소용없다. 그렇지만 만일 읽고 있다면 결코 이것은 거짓 일기장이 아니라는 사실을, 여기에 적어둔 내용은 모두가 진실임을 믿어주기 바란다. 아니, 의심이 많은 사람에게 이렇게 말하면 오히려 더 의심하게 만드는 일이기에 더는 말하지 않겠다. 그보다 일기를 읽어보기만 한다면 그 내용에 거짓이 있는지 없는지는 자연스레 밝혀질 테니까.

물론 나는 그녀가 듣기에 좋은 말만 쓰지는 않을 것이다. 그녀가 불쾌하게 여길 일도, 그녀가 들어서 거북할 사실도 꺼리지 않고 쓸 것이다. 내가 이렇게 일기를 적게 된 까닭은 그녀의 지나친 비밀주의, 즉 부부끼리 서로 잠자리에 관한 이야기를 하는 것조차 부끄럽다며 들으려 하지 않고, 어쩌다가 내가 외설적인 이야기를 꺼내면 바로 귀를 막아버리는 그녀의 이른바 '조신함', 그 위선적인 '여성스러움', 저 일부러 꾸민 고상한 취미 때문이다. 함께 산 지 이십여 년이나 되고 출가시킬 딸까지 두었는데도 잠자리에선 지금도 묵묵히 일을 치를 뿐이고, 여태껏 다정한 이야기를 나누어본 적이 없으니 그러고도 부부라고 할 수 있을까. 나는 그녀와 직접 성생활에 관한 은밀한 이야기를 나눌 기회를 갖지 못한 데에서 오는 불만을 참을 수 없어서 일기를 쓰게 되었다. 앞으로 나는 그녀가 이것을 실제로 훔쳐보든 그러지 않든 개의치 않고 일기를 읽고 있다고 생각하면서, 간접적으로 그녀에게 말을 건넨다는 느낌으로 이 일기를 쓰겠다.

무엇보다도 내가 그녀를 마음에서 우러나 사랑한다는 것, 예전에도 자주 적었지만 이것은 거짓이 아니며, 그녀도 잘 알고 있을 것이다. 다만 나는 생리적으로 그녀처럼 그 방면의 욕망이 왕성하지 못해 그런 점에서는 그녀를 상대하기가 힘들다. 나는 올해로 56세 (그녀는 곧 45세가 될 터이다)로 그렇게 기운이 쇠약해질 나이는 아니지만, 어찌 된 일인지 나는 그 일을 치르고 나면 쉽사리 피곤해진다. 솔직히 지금 나는 한주에 한번 정도, 아니 열흘에 한번 정도가 적당하다. 그런데 그녀는(이런 것을 노골적으로 글로 적거나 이야기하는 것을 그녀는 가장 꺼린다) 몸이 나약해 빈혈기가 있고 심장이 약함에도 불구하고 그 방면에는 병적으로 강하다. 당장 내가 몹시 당혹스럽고 곤란한 것이 이 일이다. 남편으로서 내가 충분히 의무를 다하지 못하는 점에 대해 뭐라고 할 말이 없지만 그렇다고 해서 그녀가 만족하지 못하는 마음을 채우기 위해서 만일 — 이런 말을 하면 자기를 그렇게 음탕한 여자로 생각하느냐며 화를 내겠지만 이것은 '만일에'다 — 다른 남자를 둔다면 나는 그 일을 참지 못할 것이다. 나는 그렇게 가정해 상상하는 것만으로도 질투를 느낀다. 뿐만 아니라 그녀 자신의 건강을 생각해서라도 병적인 욕구를 어느정도는 조절해야 하지 않을까. ……내가 힘들어하는 것은 내 체력이 해마다 더욱 쇠약해진다는 점이다. 요사이 나는 성교 후에 실제로 대단한 피로감을 느낀다. 그날 하루는 축 처져서 아무 생각도 없이 지낸다. ……그렇다고 내가 그녀와의 성교를 싫어하느냐 하면 사실은 그 반대이다. 나는 의무감에서 정욕을 억지로 끌어내며 마지못해 그녀의 요구에 응하는 것이 결코 아니다. 나는 행인지 불행인지 그녀를 열렬히 사랑하고 있다. 여기서 나는 그녀가 말하기 매우 꺼려하는 것 한가지를 발설해야겠다. 그녀에게는 그녀 자신도 완전히 알지 못하는 어떤 특별한 장점이 있다. 내가 만일 과거에 그녀 이외의 여러 여자들과 관계를 가진 경험이 없었다면 그녀만이 지니고 있는 장점을 장점으로 알지 못했겠지만, 젊었을 때 논 경험이 있는 나는 그녀가 많은 여성들 가운데에서도 매우 드물게만 존재하는 물건의 소유자라는 사실을 알고 있다. 그녀가 만일 옛날 시마바라島原 같은 기루妓樓에서 몸을 팔았다면 분명

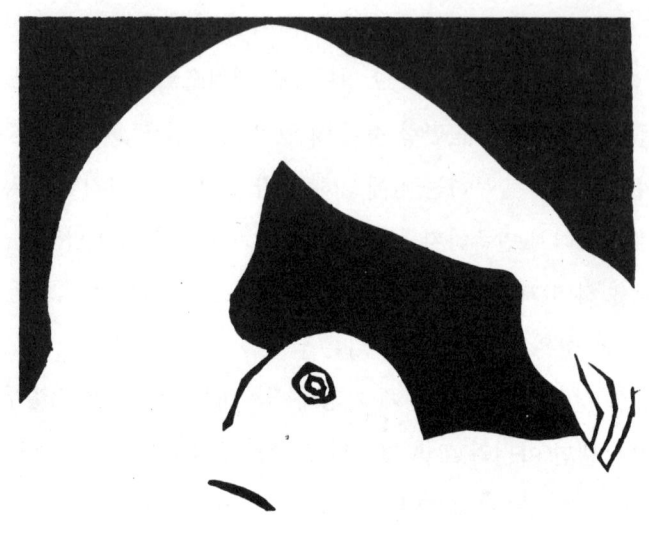

히 세상의 평판을 얻어 무수한 손님들이 다투어 그녀의 주위에 모여들고, 천하의 남자는 모두 그녀에게 뇌쇄되었을지도 모른다. (이 사실을 그녀가 모르도록 하는 게 내게 좋을 것이다. 그녀가 그 점을 자각하면 적어도 나 자신에게는 불리할 테니. 그런데 그녀는 이것을 알고 스스로 과연 기뻐할까, 부끄러워할까, 혹은 모욕감을 느낄까. 아마도 겉으로는 화를 내겠지만 내심 흐뭇해할 것이다.) 나는 그녀의 장점을 생각만 해도 질투를 느낀다. 만일 나 아닌 다른 남자가 그녀의 장점을 안다면, 그리고 내가 하늘이 내린 행운에 충분히 보답하지 못하는 것을 그녀가 알게 된다면 어떤 일이 일어날까. 나는 그것을 생각하면 불안하기도 하고 그녀에게 죄를 짓는 것 같아서 자책하게 되고 견디기 힘들어진다. 그래서 나는 여러가지 방법으로 자신을 자극하려고 한다. 예를 들어 나는 나의 성감대─

난 눈을 감은 채 눈꺼풀 위에 키스를 받을 때 쾌감을 느낀다―를 그녀에게 자극해달라고 한다. 또 반대로 나는 그녀의 성감대―그녀는 겨드랑이에 키스받는 것을 좋아한다―를 자극하고 그렇게 해서 나 자신을 자극하려고 한다. 그런데 그녀는 그런 요구에도 썩 기분 좋게 응해주지 않는다. 그녀는 '자연스럽지 못한 유희'에 빠져 즐기기를 원하지 않으며, 어디까지나 오서독스orthodox한 정공법을 요구한다. 정공법에 도달하기 위한 수단으로서의 유희라고 설명해주지만 여기에서도 그녀는 '여자다운 조신함'을 고수해 그것에 반하는 행위를 싫어한다. 그녀는 또한 내가 발 페티시스트fetishist임을 알면서도, 더욱이 그녀는 자신이 특이한 모양의 아름다운 발(그것은 45세 여자의 발로는 보이지 않는다)의 소유자임을 알면서도, 아니, 알고 있기 때문에 좀처럼 그 발을 나에게 보여주려고 하지 않는다. 더위가 한창인 한여름에도 그녀는 대체로 버선을 신는다. 한번쯤 발등에 입을 맞추게 해달라고 해도 더럽다, 이런 곳은 만지는 게 아니다라면서 좀처럼 내가 원하는 바를 들어주지 않는다. 이리저리해서 나는 더욱더 손을 쓸 수가 없게 된다. ……정초부터 바보 같은 소리를 하는 모양새라서 조금 창피하지만, 그러나 이렇게 써두는 것도 좋으리라 생각한다. 내일 밤은 올해 들어 '첫 관계를 하는' 날이다. 오서독스한 것을 좋아하는 그녀는 매년 하는 관례에 따라 그 행사를 반드시 엄숙하게 치르지 않으면 납득을 하지 못할 것이다. ……

1월 4일. ……오늘 기이한 일이 있었다. 삼일 동안 서재를 청소하지 않아서 오늘 오후 남편이 산책하러 간 사이에 청소를 하러 들어갔더니 수선화를 꽂아둔 작은 꽃병이 놓인 책장 앞에 열쇠가 떨어져 있었다. 그것은 별일이 아닐지도 모른다. 그렇지만 남편이 아무런 이유도 없이 단지 부주의해서 열쇠를 그렇게 떨어뜨려놓았다고는 생각할 수 없다. 남편은 매우 조심스러운 사람이다. 그리고 오랫동안 매일 일기를 쓰면서 예전에는 한번도 열쇠를 떨어뜨린 적이 없었다. ……물론 나는 남편이 일기를 쓰고 있다는 것도, 그 일기장을 작은 책상의 서랍에 넣고 자물쇠를 채운다는 것도, 그리고 그 열쇠를 때로는 서재의 책들 사이에, 때로는 마루의 융단 밑에 숨겨둔다는 것도 오래전부터 알고 있었다. 하지만 나는 알아도 될 일과 알아서는 안될 일을 구분할 줄 안다. 내가 알고 있는 사실은 일기장이 있는 곳과 열쇠가 숨겨진 장소뿐이다. 나는 일기장을 결코 펼쳐보거나 하지 않는다. 그런데 섭섭하게도 본디 의심이 많은 남편은 특별히 자물쇠를 잠그지 않거나 그 열쇠를 감추지 않으면 안심이 되지 않았던 모양이다. ……그런 남편이 오늘 열쇠를 그런 곳에 떨어뜨리고 외출한 까닭은 무엇일까. 무언가 심경의 변화가 일어나서 내가 일기를 읽어야 할 필요가 생긴 것일까. 그리고 대놓고 나에게 읽으라고 해도 내가 읽지 않을 것을 알기에 "읽고 싶으면 몰래 읽어. 여기 열쇠가 있으니"라고 말하고 있는 것은 아닐까. 그렇다면 남편은 내가 아주 오래전부터 열쇠가 있는 곳을 알고 있다는 사실을 모른단 말이 아닌가? 아니, 그렇지 않고, "당신이 몰래 읽는 것을 나도 이제부터 몰래 인정할게. 인정하면서 인정하지 않는 척할게"라는 말일까? ……

뭐 그런 것은 아무래도 괜찮다. 만일 그렇다고 해도 나는 절대로 읽지 않을 것이다. 나는 지금까지 스스로 정해둔 한계를 넘어서 남편의 마음속까지 들어가고 싶지는 않다. 나는 내 마음속을 다른 사람에게 알리는 것을 좋아하지 않듯이 다른 사람의 깊은 마음속을 속속들이 아는 것도 좋아하지 않는다. 더욱이 일기장을 내게 읽히고 싶어한다면 그 내용에 거짓이 있을지도 모르고, 어차피 내가 읽어서 유쾌할 일만 적어놓았을 리는 없을 테니 말이다. 남편은 무엇이든 좋아하는 것을 적거나 생각하면 되고 나는 나대로 그렇게 할 것이다. 실은 나도 올해부터 일기를 쓰기 시작했다. 나처럼 다른 사람에게 속내를 말하지 않는 사람은 하다못해 자기 자신에게 그것을 말하거나 들려줄 필요가 있다. 단지 나는 자신이 일기를 쓰고 있다는 사실을 남편에게 들키는 바보짓은 하지 않는다. 나는 남편이 외출해서 없는 틈을 타서 일기를 쓰고, 남편이 절대로 생각하지 못하는 어떤 장소에 숨겨둘 것이다. 내가 일기를 쓰려고 마음먹은 첫번째 이유는, 나는 남편의 일기장이 있는 곳을 알고 있는 반면, 남편은 내가 일기를 쓰고 있다는 사실조차도 모른다는 그 우월감이 더할 나위 없이 즐겁기 때문이다. ……

그저께 밤에는 한해를 시작하는 행사를 치렀다. ……아, 이런 일을 글로 적는다는 것이 얼마나 부끄러운 일인가. 돌아가신 아버지께서는 옛날에 자주 "혼자 있을 때에도 행동을 삼가고 몸가짐을 바르게 하라"고 가르치셨다. 내가 이런 일기를 쓴다는 것을 아신다면 내가 타락했다며 얼마나 한탄하실까. ……남편은 늘 그랬던 것처럼 환희의 절정을 맛본 것 같았으나 나는 여느 때처럼 성에 차지 않았다. 그리고 그 후의 느낌이 견딜 수 없을 정도로 불쾌했다. 남편은 자신의 체력이 달리는 것을 수치스러워하여 내게 미안하다는 말을 매번 되풀이하는 반

면, 내가 자신에게 너무 냉정하게 군다고 공박하곤 한다. 냉정하다는 의미는 그의 말에 따르면 내가 '발군의 정력'을 지니고 있으며 그 방면에는 병적으로 강하지만 나의 방식은 너무나도 '사무적'이고 '진부'하며 '첫번째 공식'에서 변화가 없다는 것이다. 평소 어떤 일에도 소극적이고 나서지 않던 내가 그 일에 있어서만큼은 적극적으로 임하는데도 불구하고 이십년 동안 항상 같은 방법, 같은 자세로밖에 응하지 않는다고 한다. ─ 그러면서도 남편은 언제나 내가 하는 무언의 도전을 놓치지 않으며 또한 내가 내비치는 아주 작은 의사표시도 민감하게 받아들여, 바로 그것을 알아차린다. 그것은 어쩌면 지나치게 빈번한 나의 요구에 늘 전전긍긍한 결과, 오히려 그런 식으로 반응하게 된 것인지도 모른다. ─ 나의 성격이 실리만을 추구하고 정나미가 없다고 말한다. 내가 당신을 사랑하는 것의 절반도 당신은 나를 사랑하지 않는다고 남편은 말한다. 당신은 나를 단순한 필요품으로, 그것도 매우 불완전한 필요품으로만 생각한다, 당신이 정말로 나를 사랑한다면 더 정열적이어야 한다, 어떠한 나의 요구에도 응해주어야 한다고 남편은 말한다. 내가 당신을 충분히 만족시킬 수 없었던 책임의 절반은 당신에게 있다, 내가 더욱 정열적이 되도록 당신이 자극한다면 나도 이렇게 무력하지 않을 것이다, 당신은 도대체 그런 자세는 취하지도 않을뿐더러, 그 일을 할 때 스스로 자진해서 나에게 도움을 주지도 않는다, 당신은 먹보 주제에 팔짱을 끼고 있다가 밥상의 젓가락 들 것만 생각하는 사람이라고 남편은 말하며, 나를 냉혈동물에 고집 센 여자라고 말한다.

  남편이 나를 그런 눈으로 바라보는 것도 아주 무리는 아니다. 그렇지만 나는 여자란 어떤 경우에도 수동적이어야 하며, 남자에게 자신이 먼저 능동적으로 움직여서는 안된다는 식으로 고지식한 부모님에게 교육받았다. 나는 결코 정열이 없지는 않지만, 정열을 가슴속 깊이 쌓아두지 밖으로 발산하지는 않는다. 굳이 밖으로 드러내려고 하면 그 순간에 사라지고 만다. 나의 창백한 열정은 타오르는 열정이 아니라는 것을 남편은 이해하지 못한다. ……요즘 들어 나는 그와 내가 부부로 맺어진 것이 잘못된 일이 아닐까 곰곰이 생각해보곤 한다. 나에게는 지금보다 더 잘 어울리는 상대가 있을 테고 남편도 그러할 것이다. 나와 남편은 성적인 기호에서 서로 맞지 않는 점이 너무나 많다. 나는 부모님의 말씀대로 막연히 이 집으로 시집와서 부부란 이런 것이라며 살아왔는데, 지금 생각해보면 나는 성격이 나와 가장 맞지 않

는 사람을 선택한 것 같다. 이 사람은 정해져 있는 나의 남편이라고 생각하며 어쩔 수 없이 참고 살지만 나는 가끔 그와 얼굴을 마주할 때면 아무런 이유도 없이 속이 메슥거릴 때가 있다. 그래, 그 메슥거리는 느낌은 어제오늘 시작된 것이 아니라 애초에 결혼 첫날밤 그와 잠자리를 함께한 그날 밤부터 그랬다. 오래전 신혼여행 저녁에 나는 잠자리에 들어 근시 안경을 벗은 그의 모습을 보고 온몸이 오싹해지며 살이 떨렸던 일을 지금도 확실히 기억한다. 언제나 안경을 끼던 사람이 안경을 벗으면 누구라도 얼굴이 조금은 달라 보이지만 남편의 얼굴은 갑자기 희멀겋게 되어 죽은 사람의 얼굴처럼 보였다. 남편은 그 얼굴을 가깝게 들이대고 뚫어져라 나를 들여다보고 있었다. 나도 자연스레 그의 얼굴을 빤히 쳐다보게 되었고 곱고 반드러운 알루미늄같이

번들번들한 피부를 보게 되자 나는 다시 오싹해졌다. 낮에는 몰랐는데 코 밑과 입술 주위에 희미하게 나 있는 수염이(그는 털이 많은 편이다) 보여서 또한 징그러웠다. 그렇게 가까운 곳에서 남자의 얼굴을 처음 보아서 그랬는지 모르지만, 그 이래로 지금까지 남편의 얼굴을 밝은 곳에서 한참 동안 바라보고 있노라면 그때의 오싹한 느낌이 들곤 한다. 그래서 나는 그의 얼굴을 되도록 쳐다보지 않으려고 머리맡의 전등을 끄려 하지만, 남편은 반대로 그때만큼은 방을 환하게 하려고 한다. 그리고 나의 온몸을 가능한 한 구석구석 자세히 들여다보려고 한다. (나는 그런 요구에 좀처럼 응하지 않지만, 집요하게 요구해서 발만은 어쩔 수 없이 보여준다.) 나는 남편 이외의 다른 남자를 알지 못하지만 대체로 남자라는 존재는 모두 이처럼 집요할까. 끈적끈적 악착같이 들러붙어서 필요 이상의 여러가지 유희를 즐기고 싶어하는 습성을 모든 남자가 다 가지고 있는 걸까. ……

1월 7일. ……오늘 키무라가 올해 들어 처음으로 찾아왔다. 나는 포크너의 『쌩크추어리』Sanctuary를 읽고 있었기 때문에 잠깐 인사만 하고 서재로 올라갔다. 키무라는 거실에서 아내랑 토시꼬와 한동안 이야기를 했다. 세시 지나서 「귀여운 싸브리나」를 보러 간다고 하며 셋이서 외출했다. 그리고 키무라는 여섯시경에 함께 되돌아와서 우리 가족과 함께 저녁을 들고 아홉시 조금 지나서까지 이야기하다가 돌아갔다. 식사 때 토시꼬를 뺀 세 사람은 브랜디를 조금 마셨다. 이꾸꼬는 요즘 주량이 조금 는 것 같다. 그녀에게 술을 가르친 사람은 나지만 원래부터 그녀는 술을 꽤 하는 편이었다. 그녀

는 술을 권유받으면 묵묵히 상당한 양을 마신다. 취하기는 하지만 취한 것을 표현하거나 밖으로 내보이지 않으며 언제나 꾹 참고 있어서 사람들은 눈치를 채지 못한다. 오늘밤에는 키무라가 셰리 유리잔으로 두 잔 반이나 그녀에게 권했다. 아내는 얼굴이 조금 창백해졌지만 취한 것 같지는 않았다. 오히려 나와 키무라의 얼굴이 붉어졌다. 키무라는 술이 세지 않았다. 아내보다도 약한 편이었다. 아내에게 나 이외의 남자가 브랜디를 따라준 것은 오늘밤이 처음이 아닐까. 키무라는 처음에 토시꼬에게 술을 권했지만 "저는 못 마셔요. 어머니께 한잔 드리세요"라고 토시꼬는 말했다. 나는 예전부터 토시꼬가 키무라를 피하려 한다는 느낌을 받았는데, 그것은 키무라가 그녀보다 그녀의 어머니에게 친밀한 정을 보이는 경향이 있다는 것을 그녀가 알아차렸기 때문이 아닐까. 나는 질투 때문에 그런 식으로 생각한다고 여겨서 그 생각을 애써 지우려고 했지만 역시 나의 느낌이 맞는 것 같다. 아내는 우리 집에 오는 손님에 대해서는 전혀 붙임성을 보이지 않았고, 특히 남자 손님들은 만나려고도 하지 않았는데 키무라에게만은 친숙하게 대했다. 토시꼬도 아내도 그리고 나도 지금까지 표현하지는 않았지만, 키무라는 제임스 스튜어트를 닮았다. 그리고 아내가 제임스 스튜어트를 좋아한다는 사실을 나는 알고 있다. (아내는 말한 적이 없지만 제임스 스튜어트의 영화라면 놓치는 법이 없이 보러 가는 것 같다.) 아내가 키무라에게 접근하게 된 까닭은 처음에 내가 그를 토시꼬와 짝지어주면 어떨까라는 생각에 집에 드나들도록 하고 아내에게 넌지시 두 사람의 모습을 살펴보라고 일러두었기 때문이다. 그런데 토시꼬는 이런 혼담에 전혀 마음이 내키지 않았던 모양이다. 그녀는 가능한 한 키무라와 둘이 있는 자리를 만들려 하지 않았고 언제나 이꾸꼬와 셋이서 거실에서 이야기했으며, 영화를 보러 가더라도 반드시 어머니를 불러 함께 갔다. "당신이 함께 가면 안 좋으니 둘이서만 가게 하오"라고 해도 아내는 찬성하지 않고 엄마로서 감독할 책임이 있다고 한다. 내가 "그것은 당신 생각이 시대를 못 따라가서 그래. 두 사람은 믿어도 돼"라고 말하면 "저도 그렇게 생각하지만 토시꼬가 함께 가자고 그래요"라고 답한다. 사실 토시꼬가 그렇게 말했다면 그것은 자신보다도 엄마 쪽이 키무라를 좋아하고 있으니까 오히려 자신은 어머니를 위해서 중개역할을 하려고 했던 것이 아닐까. 나는 왠지 아내와 토시꼬 사이에 암묵적인 약속이 있었을 것 같다는 생각이 든다. 적어도 아내는 스스로 의식하지 못한 채, 자신은 두 젊은이를 감독한다고 여길지 모르지만 사실은 키무라를 사랑하고 있다는 생각이 든다. ……

1월 8일. 어젯밤에는 나도 취했지만 남편은 더 취했다. 남편이 최근에는 그다지 강요하지 않던 눈꺼풀 위 키스를 해달라고 자꾸 졸라댔다. 나는 브랜디를 마신 탓에 조금 정신이 흐트러져서 얼떨결에 남편의 요구에 응했다. 거기까지는 좋았는데 키스하면서 보아서는 안될 것을, 즉 안경 벗은 그의 얼굴을 그만 보고 말았다. 나는 언제나 그의 눈꺼풀에 키스할 때에는 나 자신도 눈을 감는데 어젯밤에는 도중에 눈을 떴다. 그 알루미늄 같은 피부가 꽉 찬 화면처럼 커다랗게 비치면서 내 눈앞을 가로막았다. 나는 으스스 몸이 떨렸다. 그리고 내 얼굴이 갑자기 창백해지는 것을 느꼈다. 때마침 남편은 곧바로 안경을 썼는데, 늘 하던 대로 나의 손과 발을 자세히 바라보기 위해서였다. ……나는 말없이 머리맡의 스탠드를 껐다. 남편은 손을 뻗어서 스위치를 돌리려 했지만 내가 멀리 밀어놓았다. "이봐, 제발 한번만 보여줘. 제발 부탁이야"라고 하면서 남편은 깜깜한 속에서 스탠드를 찾았으나 찾지 못하자 결국 포기했다. ……오랜만의 길고 긴 포옹. ……

나는 남편을 아주 싫어하지만 그에 못지않게 아주 사랑한다. 나는 사실 남편과 성격이 맞지는 않지만, 그렇다고 해서 다른 사람을 사랑할 마음은 없다. 나에게는 오래된 정조관념이 확고하게 자리잡고 있어서 거기에 반하는 것은 태생적으로 가능하지 않다. 나는 남편의 그 집요하고 변태적인 애무에는 몹시 당황스럽지만 그가 나를 열광적으로 사랑해주는 것이 확실하기에 그것에 대해 어떻게든 보답하지 않으면 미안한 마음이 든다. 아, 그러나 그가 예전 같은 체력이라면…… 대관절 왜 이렇게 그의 정력이 감퇴한 것일까. ……그에게 물어보면, 그것은 내가 너무 음탕해 자신이 그런 나에게 끌리다보니 절제하지 못해서이고, 여자는 그 일에 관해서는 불사신이지만 남자는 머리를 쓰기 때문에 그 일을 치르고 나면 바로 몸에 영향이 온다고 한다. 그런 말을 들으니 부끄럽긴 하지만 내가 체질적으로 음탕해 나 스스로도 통제하기 어렵다는 것을 남편은 알 것이다. 남편이 진심으로 나를 사랑한다면 어떻게든 나를 기쁘게 해주어야 한다. 다만 꼭 알아야 할 점은 나는 불필요하고 지나친 유희를 참을 수 없다는 것, 내게 그러한 놀이는 어떤 보탬도 되지 않고 오히려 기분을 해칠 뿐이라는 사실이며, 나는 본디 어디까지나 옛날 방식으로 어둡고 깊숙한 침실에 들어가 두툼한 잠자리에 몸을 파묻고 남편의 얼굴도 나의 얼굴도 알아볼 수 없는 상태에서 조용히 일을 치르고 싶어한다는 것이다. 부부의 취향이 이런 점에서 다르다는 것은 더할 나위 없는 불행이지만, 서로 뭔가 타협점을 찾아나갈 궁리를 할 수는 없을까. ……

1월 13일. ……네시 반경에 키무라가 왔다. 고향에서 말린 숭어 알을 보내주어 가지고 왔다고 하면서 한시간 정도 셋이서 이야기를 하다가 돌아가려는 낌새가 보여서 나는 아래층으로 내려가 식사라도 하고 가라고 붙잡았다. 키무라는 별달리 거절하는 기색이 없이 그럼 먹고 가겠습니다 하고 눌러앉았다. 식사 준비를 하는 동안 나는 다시 이층으로 올라왔고 토시꼬는 혼자 부엌에서 일을 했으며 아내는 거실에 남아 있었다. 식사 대접이라고는 해도 특별한 것 없이 집에 있는 반찬으로 먹는 것이지만, 술안주로 키무라가 가지고 온 말린 숭어알과 어제 아내가 니시끼 시장에서 사온 후나즈시[1]가 있어서 바로 브랜디를 마셨다. 아내는 단것을 싫어하고 술안주로 적당한 것을 좋아하는데 그중에서 후나즈시를 좋아한다.—나는 술과 단것을 모두 좋아하지만 후나즈시는 그리 좋아하지 않는다. 우리 집에서 아내 이외에는 그것을 먹는 사람이 없다. 나가사끼 출신인 키무라도 말린 숭어알은 좋아하지만 후나즈시는 사양한다고 말했다.—키무라는 선물 같은 것을 가지고 온 적이 없었지만 오늘은 처음부터 저녁을 함께할 작정이었던 모양이다. 지금으로서는 그의 심리상태를 잘 모르겠다. 이꾸꼬와 토시꼬 중 그는 누구에게 끌리는 것일까. 만일 내가 키무라여서, 누구에게 더 관심이 가느냐라는 질문을 받는다면 나이는 들었지만 확실히 엄마 쪽일 것이다. 그러나 키무라는 아무 말도 하지 않는다. 그의 궁극적인 목적은 오히려 토시꼬에게 있는지도 모른다. 토시꼬가 그와의 결혼에 그다지 관심을 보이지 않기 때문에 우선 엄마의 환심을 사서 엄마를 통해서 토시꼬의 마음을 움직이려고 한다?—아니 그보다도 나 자신은 어떤 생각을 하고 있는 것일까. 무슨 생각으로 오늘밤에도 키무라를 붙잡아두었을까. 이 심리는 내가 생각해도 기묘하다. 지난 7일 밤에 나는 이미 키무라에게 가벼운 질투(가볍지 않을지도 모른다)를 느끼고 있었기에.—아니, 그렇지 않다. 그것은 작년

---

[1] 붕어 초밥.

말경부터 느꼈다.—그런 반면, 나는 질투를 남몰래 즐기고 있었다고 할 수 있지 않을까. 원래 나는 질투를 느끼면 그 방면의 충동이 일어난다. 그래서 질투는 어떤 의미에서는 필요하기도 하며 쾌감을 불러일으키기도 한다. 그날 밤 나는 키무라에 대한 질투를 이용해서 아내를 즐겁게 하는 데 성공했다. 나는 앞으로 우리 부부의 성생활을 계속 만족스럽게 하기 위해 키무라라는 자극제의 존재가 없어서는 안된다는 사실을 알게 되었다. 그러나 아내에게 주의를 주고 싶은 점은, 말할 필요도 없는 것이지만, 자극제로서의 이용범위에서 벗어나지 않도록 하는 것이다. 아내가 상당히 아슬아슬한 지경까지 가도 좋다. 아슬아슬하면 할수록 좋다. 나는 나를 미치도록 질투하게 만들고 싶다. 혹시 한계를 넘어버린 것은 아닐까라고 다소 의심을 품는 정도까지도 좋다. 그 정도까지 가기를 바란다. 내가 이 정도로 말해도 그녀는 도저히 대담한 일을 못하겠지만, 그런 식으로 애써 나를 자극하는 것이 그녀 자신의 행복을 위해서이기도 하다고 생각해주었으면 한다.

1월 17일. ……키무라는 그 이후로 아직 오지 않았으나 나와 아내는 그후 매일 밤 브랜디를 마셨다. 술을 권하면 아내는 상당히 잘 마신다. 나는 아내가 취기를 전혀 내색하지 않고 감추다가 얼굴이 새파래지고 싸늘하게 되는 모습을 보는 게 좋다. 아내의 그러한 모습에서 뭐라 말할 수 없는 색기를 느끼게 된다. 나는 그녀를 몹시 취하게 해서 잠들게 만들 작정이었으나 아무래도 아내는 그런 수로는 넘어가지 않는다. 취하면 더욱 심술궂어져서 발을 만지지도 못하게 한다. 그리고 자신이 하고자 하는 것만을 요구한다. ……

　1월 20일. ……오늘은 하루 종일 머리가 아팠다. 숙취라고 할 정도는 아니지만 어제 좀 과음했던 것 같다. ……내가 마시는 브랜디의 양이 점점 늘어나서 키무라 씨가 걱정을 한다. 요즘은 두 잔 이상 따라주지 않는다. "그만 적당히 드셨으면" 하며 말리는 쪽으로 돌아선다. 남편은 반대로, 전보다 더 술을 권하고 싶어한다. 따라주면 거절하지 않는 버릇을 알고 있기에 양껏 마시게 만들 작정인 듯하다. 그렇지만 이 정도가 내 주량이다. 남편과 키무라 씨가 보는 앞에서 흐트러진 모습을 보인 적은 한번도 없지만 술기운을 억누르며 마시니 나중에는 괴롭다. 조심하는 것이 좋겠다. ……

　1월 28일. ……오늘밤에 느닷없이 아내가 인사불성이 되었다. 키무라가 와서 넷이서 식탁에 둘러앉아 분위기가 한창 무르익을 무렵 아내가 일어나 어디론가 나가서 한참이 되어도 돌아오지 않았다. "어찌 된 걸까요"라고 키무라가 말을 꺼냈다. 아내는 브랜디가 과하다 싶으면 가끔 도중에 자리를 떠서 화장실에 숨어 있는 경우가 있으므로 "뭐 금방 올 거야"라고 했지만 꽤 오랫동안 돌아오지 않았고, 키무라가 조바심을 내며 부르러 갔다. 그리고 곧바로 "아가씨, 이상하니 좀 이리로 와보세요" 하며 복도에서 토시꼬를 불렀다.―토시꼬는 오늘밤에도 적당한 곳에서 자기만 얼른 식사를 하고선 방으로 들어갔다.―"이상하군요. 부인이 어디에도 안 계십니다"라고 말해서 토시꼬가 찾아나선즉, 아내는 욕조에 몸을 담근

채 두 손을 욕조 가에 얹고 거기에 얼굴을 묻고 자고 있었다. "엄마, 이런 곳에서 자면 어떡해요"라고 해도 대답이 없다. "선생님, 큰일입니다"라고 키무라가 뛰어와서 알려주었다. 나는 욕실 안으로 들어가서 맥을 짚어보았다. 맥박은 약하게 1분에 90 넘어 100 가깝게 뛰고 있었다. 나는 옷을 전부 벗고 욕조로 들어가서 아내를 끌어안고 나와 욕실 바닥에 뉘었다. 토시꼬는 커다란 수건으로 엄마의 몸을 감싸고 나서 "빨리 눕혀야 해요"라고 하며 침실로 갔다. 키무라는 어찌해야 좋을지 몰라 욕실을 드나들며 서성이고 있었는데, "자네도 도와주게" 하고 부탁하자 안심하며 스스럼없이 들어왔다. "빨리 물기를 닦지 않으면 감기에 걸릴 테니 미안하지만 도와주게" 하며 둘이서 마른 수건으로 젖은 몸을 닦았다. (이 짧은 순간에도 나는 키무라를 '이용'할 생각을 잊지 않았다. 그에게 상반신을 부탁했고 나는 하반신을 닦았다. 나는 발가락 사이를 깨끗이 닦으며 "자네, 그 손가락 사이를 닦게" 하고 키무라에게 시켰다. 그 순간에도 키무라의 동작과 표정을 놓치지 않고 관찰했다.) 토시꼬가 잠옷을 가지고 왔는데 키무라가 거드는 것을 보더니 "유딴뽀[2]를 챙길게요" 하며 바로 다시 나갔다. 나와 키무라 둘은 이꾸꼬에게 잠옷을 입히고 침실로 옮겼다. "뇌빈혈일지도 모르니 유딴뽀를 사용하지 않는 편이 좋지 않을까요"라고 키무라가 말했다. 의사를 부를까 말까 잠깐 셋이서 의논했다. 나는 코다마 씨라면 괜찮다고 생각했지만 그래도 아내의 이런 추한 모습을 보이기 싫었다. 그렇지만 심장이 약해진 것 같아서 결국에는 와달라고 했다. 역시 뇌빈혈이라면서 코다마 씨가 "심려하지 않으셔도 됩니다"라며 비타캠퍼 주사를 놓고 돌아간 것이 새벽 두시였다. ……

1월 29일. 어젯밤에 너무 지나치게 마셔서 괴로워 화장실에 갔는데 거기까지만 기억이 난다. 그리고 욕실에 가서 쓰러진 것도 어렴풋이 생각난다. 그다음은 잘 모르겠다. 오늘 새벽녘에 눈을 떠보니 누군가 나를 옮겨놓았는지 침대 위에서 자고 있었다. 오늘은 종일 머리가 무거워 일어날 기력이 안 생긴다. 눈을 떴다고 생각하자마자 바로 꿈을 꾸면서 하루 종일 잠에 취해 있었다. 저녁때 조금 기분이 나아져 겨우 일기에 이 정도만 쓴다. 지금부터 다시 자려고 한다.

2 보온 물주머니.

　1월 29일. ……아내는 간밤의 사건 이후로 계속 자는 모양이다. 어젯밤 나와 키무라가 그녀를 욕실에서 침실로 옮긴 때가 열두시경, 코다마 씨를 부른 때가 영시 반쯤이고 그가 돌아간 시간이 새벽 두시경이다. 코다마 씨를 배웅하러 나갔을 때 밖에서 본 밤하늘의 별은 아름다웠지만 찬 공기는 매서웠다. 침실의 스토브는 평소 잠자기 전에 석탄을 한움큼 넣으면 훈훈해지는데 "오늘은 따뜻하게 해드리는 것이 좋을 것 같네요"라고 키무라가 말해서 그에게 석탄을 많이 넣으라고 했다. 키무라는 "그럼 잘 돌봐드리세요. 저는 가겠습니다"라고 했으나 이런 시각에 가라고 할 수가 없었다. "침구가 있으니 거실에서 자고 가게"라고 했지만, "아닙니다. 가까워서 괜찮습니다"라고 한다. 그는 이꾸꼬를 침실로 옮기고 나서 계속

열쇠 29

서성였는데(걸터앉을 여분의 의자가 없어서 내 침대와 아내의 침대 사이에 서 있었다) 그러고 보니 토시꼬는 키무라가 들어오자 바로 나가서 그후로는 모습을 보이지 않았다. 키무라는 꼭 돌아가야 한다며 "아닙니다. 괜찮습니다" 하고 기어이 돌아갔다. 그러나 나는 솔직히 키무라가 돌아갔으면 하고 바랐다. 나는 아까부터 내내 어떤 계획이 마음속에서 떠올라 내심 키무라가 돌아가기를 원했다. 나는 그가 돌아가고 토시꼬도 이제 오지 않을 것을 확인하고는 아내 침대에 가까이 가서 맥을 짚어보았다. 비타캠퍼가 효력이 있어서인지 맥박은 정상적으로 뛰었다. 보아하니 그녀는 아주 깊이 잠들어 있는 듯했다.─그녀의 성격으로 보아 정말로 깊이 잠들었는지 아니면 잠든 척하는 건지는 잘 모르겠다. 그렇지만 잠든 척하는 것이라고 해도 그다지 문제가 되지 않을 거라는 생각이 들었다.─나는 우선 스토브의 불을 더욱 세게, 타닥타닥 타는 소리가 날 정도로 지폈다. 그리고 천천히 플로어 스탠드 갓 위에 씌워둔 검은 천을 벗겨내서 실내를 밝게 했다. 플로어 스탠드를 살며시 아내의 침대 곁으로 가져가서 그녀의 전신이 밝은 빛의 동그라미 한가운데에 들어갈 수 있게 했다. 나는 심장이 갑자기 격렬하게 뛰는 것을 느꼈다. 내가 오래전부터 꿈꾸고 있던 일을 오늘밤에 드디어 실행할 수 있다고 생각하니 기대감으로 흥분이 되었다. 나는 발소리를 죽이고 일단 침실을 나와서 이층 서재의 책상에서 형광등 램프를 빼내가지고 침실로 돌아와 나이트 테이블 위에 두었다. 이 일은 내가 예전부터 생각하고 있었던 것이다. 작년 가을에 서재 스탠드를 형광등으로 바꾼 것도 언젠가는 이런 기회가 올 것을 예상했

기 때문이다. 그때 형광등으로 하면 라디오에 잡음이 섞인다고 아내와 토시꼬가 반대했는데, 나는 시력이 나빠져 독서하기에 불편하다는 이유를 대며 형광등으로 바꾸었다. 사실 독서 때문이기도 했지만, 그것보다도 나는 언젠가는 형광등 불빛 아래서 아내의 벌거벗은 몸을 드러내놓고 보고 싶다는 욕망으로 불타올랐기 때문이다. 이것은 형광등이란 존재를 알게 되었을 때부터 가졌던 망상이다. ……

……모든 것은 예상한 대로 흘러갔다. 나는 그녀의 옷을 전부 하나도 남김없이 몸에 걸치고 있는 것을 몽땅 다 벗긴 다음 발가벗은 몸을 형광등과 플로어 스탠드의 밝은 불빛 아래에 뉘어놓았다. 그리고 지도에서 필요한 곳을 찾듯이 자세하게 그녀의 몸을 살피기

시작했다. 나는 먼저 티끌 하나 없는 아름다운 나신裸身을 눈앞에 두었다는 사실에 잠시 넋을 잃었다. 내 아내의 벌거벗은 몸을, 온몸에 실오라기 하나 걸치지 않은 모습을 처음 보았기 때문이다. 많은 '남편'들은 자기 아내의 몸에 대해 아마도 발바닥 주름 갯수까지 샅샅이 알고 있을 것이다. 그런데 나의 아내는 지금까지 나에게 그런 곳을 결코 보여주지 않았다. 정사를 나눌 때 자연스레 이곳저곳 부분을 본 적은 있지만 그것도 상반신 일부에 한했고, 정사에 필요하지 않은 부분은 절대로 보여주지 않았다. 나는 오직 손으로 만져서 그 형상을 상상하는 것만으로도 아내가 상당히 아름다운 육체의 소유자일 것이라고 생각했다. 그런 생각을 하다가 밝은 빛 아래서 드러내놓고 보려는 염원을 품게 되었는데 과연 나의 기대를 저버리지 않았을뿐더러 오히려 생각한 것 이상이었다. 나는 결혼하고 나서 처음으로 완전히 벗은 아내의 몸을, 그 몸 전체의 자태를 보았다. 특히 하반신을 구석구석 남김없이 보았다. 그녀는 메이지 44년[3]생으로 요즘의 젊은 여성처럼 서양인 스타일의 체형은 아니다. 젊었을 때 수영과 테니스 선수를 한 덕분에 당시의 일본 여인치고는 균형 잡힌 골격을 지니고 있지만 가슴이 작고 유방과 엉덩이가 충분히 발달하지 못했다. 다리도 선이 곱고 길기는 하지만 무릎 아래가 안짱다리 모양으로 바깥쪽으로 조금 휘어져서 쭉 뻗은 다리라고 할 수 없었다. 특히 발목 부분이 충분히 가늘고 잘록하지 못한 것이 결점이었지만 나는 서양 여인의 가늘고 긴 다리보다 옛

---

[3] 1911년.

일본 여인의 다리, 그러니까 나의 어머니나 큰어머니의 약간 휘어진 다리를 생각나게 하는 그런 다리가 정겹고 좋다. 막대기처럼 쭉 뻗기만 한 다리는 감칠맛이 없다. 가슴과 엉덩이도 풍만하게 발달하기보다는 추우구우지中宮寺에 있는 본존불과 같이 약간 봉긋하게 솟아올라 있는 정도가 좋다. 아내의 몸은 아마 이럴 것이라고 예상은 했지만 정말로 상상한 그대로였다. 게다가 나의 상상을 초월하는 것은 몸 전체를 감싸고 있는 피부의 순결함이었다. 대개 사람의 몸이란 어느 곳에든 작은 반점, 즉 엷은 자색이나 검푸른색 얼룩이 있기 마련인데, 아내의 몸 전체를 꼼꼼하게 살펴보았지만 어디에도 그런 얼룩은 없었다. 나는 그녀를 엎드리게 하고 엉덩이의 구멍까지 들여다보았는데, 좌우로 솟은 엉덩잇살 사이 움푹 들어간 곳

의 살결은 말할 수 없이 새하얬다. ……마흔다섯살이라는 나이에 이르기까지 여아를 한명 낳았지만 용케도 피부에 약간의 상처나 기미도 생기지 않았다. 나는 결혼하고 몇십년 동안 어둠 속에서 손으로만 느꼈을 뿐 오늘날까지 이렇게 아름다운 육체를 눈으로 보지 못했다. 하지만 생각해보면 여태껏 보지 못한 게 오히려 행복하다. 이십여년간 같이 산 후에야 비로소 아내의 몸이 아름답다는 사실을 알고 놀라는 남편은 지금부터 새로운 결혼생활을 시작하는 것과 같다. 이미 권태기도 지난 시점이지만, 나는 지난날보다 갑절의 정열로 아내를 흠뻑 사랑할 수 있다. ……

나는 엎드려 자는 아내의 몸을 다시 한번 바로 뉘었다. 그리고 잠시 눈으로 그 자태를 뚫어지게 바라보다가 그저 탄식할 따름이었다. 문득 나는 아내가 정말로 자는 것이 아니라, 자는 척하는 게 분명하다는 생각이 들었다. 그녀는 처음에는 잠들었는지 모르지만 도중에 잠에서 깨어난 것이다. 그렇지만 자신이 놀라운 일을 당하고 있어서 기가 막히고 또한 너무나도 수치스러운 모습을 하고 있

어서 자는 척하기로 한 것이다. 나는 그렇게 생각했다. 그것은 어쩌면 사실이 아니라 나의 단순한 망상일지도 모르지만, 그러나 나는 무리일지언정 그렇게 믿고 싶었다. 이렇게 하얗고 아름다운 피부에 감싸여 있는 한 여체가 마치 죽은 시체처럼 내가 원하는 대로 움직이지만, 실제로는 살아 있어서 모든 것을 의식하고 있다고 생각하니 나는 주체할 수 없이 기쁘고 즐거웠다. 하지만 만일 아내가 정말로 잠들어 있다면 내가 이렇게 아내의 몸을 상대로 난잡한 행동을 즐겼다는 사실을 일기에 적지 않는 편이 낫지 않을까. 아내가 이 일기장을 훔쳐보는 것은 의심할 여지가 없는 사실이니 오늘밤 일을 적어놓으면 아내는 앞으로 다시는 취할 정도로 마시지 않을지도 모른다. ……아니, 마실지도 모른다. 마시지 않으면 그녀가 이 일기를 훔쳐본다는 사실을 증명하는 것이 되니까 말이다. 그녀가 이것을 읽지 않는다면 의식을 잃은 동안에 무슨 짓을 당했는지 알 리가 없으니까. ……

나는 오전 세시경부터 대략 한시간 이상 아내의 알몸을 바라보면서 한없는 감흥에 젖었다. 물론 그사이에 말없이 바라보고만 있지는 않았다. 나는 만일 잠들지 않은 그녀가 거짓으로 자는 척을 한다면 언제까지 버틸까 하는 생각으로 지켜보고 싶었다. 끝까지 자는 척을 못하게 만들어서 곤란에 빠뜨리려는 마음도 있었다. 나는 언제나 그녀가 싫다고 하는 부위에 짓궂은 장난을, 그녀의 말에 따르면 집요하고 부끄럽고 징그러우며 오서독스하지 않은 유희를 이 기회에 여러차례 번갈아가면서 시도해보았다. 나는 어떻게든 저 멋지고 아름다운 발을 나의 혀로 마음껏 애무하고 싶은, 오랫동안 마음속에 품어온 염원을 이제야 풀 수가 있었다. 그외에도 갖가지 하고 싶었던 짓을, 아내의 상투어를 흉내낸다면, 여기에 적어두기에 매우 부끄러운 갖가지 행위들을 해보았다. 어쨌든 그녀가 어떠한 반응을 보일지 생각하며 그녀의 성감대에 입술을 갖다댔지만 잘못해서 안경을 그녀의 배 위에 떨어뜨리고 말았다. 그녀는 그때 움찔하며 또렷하게 눈을 떠 깜박였다. 나는 얼떨결에 흠칫 놀라서 허둥대며 형광등을 끄고 잠시 방 안을 어둡게 했다. 그리고 난로 위에 있던 주전자의 물을 미지근하게 해서 루미날 한알과 카드로녹스 반알을 먹였다. 내가 씹어서 아내의 입에 넣어주니 그녀는 반쯤 꿈을 꾸는 표정으로 약을 먹었다. (그 정도 분량을 복용해도 효과가 없을 때도 있다. 나는 반드시 잠들게 할 목적으로 약을 먹인 것은 아니다. 그녀가 잠든 척하기에 좋을 것이라고 생각해서 먹였다.)

　그녀가 푹 잠든(혹은 푹 잠든 척하는) 것을 확인하고 나서 나는 마지막 목적을 달성하기 위해 행동을 개시했다. 오늘밤에 나는 아

내의 방해를 받지 않고 이미 충분히 예비운동을 해서 정욕이 이미 달아올랐으며 이상야릇한 흥분에 분기된 상태여서 나도 놀랄 정도로 일을 치렀다. 오늘밤의 나는 평소처럼 용기가 없어 움츠리는 내가 아니라 상당히 강력하게 그녀의 음란함을 정복할 수 있는 나였다. 나는 앞으로도 자주 그녀를 흠뻑 취하게 만드는 것이 최선이라고 생각했다. 그런데 몇번이나 일을 치렀는데도 그녀는 여전히 잠에서 전혀 깨어나지 않는 듯 보였다. 여전히 반은 잠들어 있고 반은 깨어 있는 상태였다. 가끔 아내는 눈을 반쯤 떴지만 초점이 없었다. 손을 천천히 움직였지만 몽유병 환자와 같은 움직임이었다. 그리고 나의 가슴, 팔, 볼, 목, 다리 등을 손으로 더듬으며 만졌다. 여태껏 없던 일이었다. 그녀는 지금까지 관계하면서 절대로 필요하지 않는 부위는 보거나 만지지 않았다. 그녀의 입에서 "키무라 씨"라는 한마디가 잠꼬대처럼 흘러나온 것은 그때였다. 희미하게 정말로 아주 작은 소리로 단 한번뿐이었지만 그녀는 분명히 그렇게 말했다. 이것이 진정 잠꼬대인지 잠꼬대인 척하며 일부러 나에게 들으라고 한 말인지 지금도 의문이다. 그래서 여러가지 의미로 해석할 수 있다. 그녀는 잠에 취해 키무라와 관계를 갖는 꿈을 꾼 것일까, 아니면 그렇게 가장하면서 "아, 키무라 씨와 이런 방식으로 맺어졌으면" 하는 마음을 나에게 알리려고 한 것일까, 그것도 아니면 "나를 취하게 만들어 오늘밤처럼 짓궂은 짓을 한다면 나는 언제든 키무라 씨와 함께 자는 꿈을 꾸겠어요. 그러니 이런 짓은 하지 마세요"라는 의미일까. ……

……저녁 여덟시가 지나서 키무라한테서 전화가 왔다. "사모님은 괜찮으십니까. 찾아뵈려고 하는데요"라고 하기에 "그때부터 내내 수면제를 복용해서 자고 있네. 별로 힘들어 보이지 않으니 걱정하지 말게"라고 답했다. ……

1월 30일. 그때부터 계속 침대에 누워 있다. 시각은 오전 아홉시 반, 월요일이어서 남편은 삼십분쯤 전에 나갔을 것이다. 외출하기 전 살며시 침실로 들어오더니 내가 자는 체하자 잠시 숨소리를 살피다가 다시 한번 발에 입을 맞추고 나갔다. 일하는 할멈이 "기분은 어떠세요" 하며 들어오기에 뜨거운 타월을 가져오게 해 실내의 세면대에서 간단하게 얼굴을 씻고 우유와 계란 반숙 하나를 시켰다. "토시꼬는?" 하고 묻자 "방에 있습니다"라고 하는데 모습이 보이지 않았다.

이제 기분도 좋아져서 일어나려고 하면 못할 것도 없지만 누운 채 일기를 쓰기로 하고 그저께 밤 이후의 일을 차분하게 떠올려보았다. 도대체 그저께 밤에는 왜 그렇게 취했던 것일까. 몸 상태도 어느정도 작용한 게 틀림없지만, 한편으로 브랜디가 늘 마시던 스리스타스가 아닌 이유도 있었다. 남편은 그날 새로운 브랜디를 한 병 사왔는데, 브랜디 오브 나뽈레옹이라고 적혀 있는 꾸르부아지에라는 이름의 브랜디였다. 내 입에 잘 맞아서 그만 너무 많이 마시고 말았다. 나는 취한 모습을 다른 사람에게 보이길 싫어해서 과음으로 기분이 나빠지면 화장실에 들어가 앉아 있는 습관이 있는데 그날 밤도 그랬다. 몇십분 동안이나 화장실에 틀어박혀 있었을까? 몇십분? 아니, 한시간이나 두시간이 아니었을까. 나는 조금도 힘들지 않았다. 힘들었다기보다 황홀한 기분으로 있었다. 의식이 몽롱하긴 했지만 전혀 기억이 나지 않는 것이 아니라 중간중간 생각나는 부분도 있다. 너무나 긴 시간 동안 변기에 쪼그리고 앉아 있어서인지 허리와 다리가 저려서 어느 사이엔가 변기 앞쪽을 손으로 짚고 있다가 나중에 머리를 툭 하고 마룻바닥에 찧은 것도 어렴풋이 생각난다. 그리고 몸에서 화장실 냄새가 나 밖으로 나왔는데 그 냄새를 씻어 없앨 생각에선지, 아직 다리가 후들거리고 사람들에게 보이는 것이 싫었기 때문인지 그대로 욕실로 들어가 옷을 벗었던 것 같다. '같다'고 말하는 이유는 아득하고 멀고 먼 꿈속의 일처럼 기억에 남아 있어서인데 그다음부터는 어찌 되었는지 기억나지 않는다. (오른쪽 팔꿈치 위쪽에 반창고가 붙어 있는 것을 보면 누가 주사를 놓은 것이 틀림없는데 코다마 선생이라도 불렀나.) 정신을 차리고 보니 이미 침대 위에 누워 있었고 이른 아침 햇살이 침실

을 희미하게 비추고 있었다. 그때가 어제 새벽녘인 오전 여섯시경인 것 같은데 그후로 쭉 의식이 또렷하지 않다. 머리가 깨질 것 같은 통증과 몸이 깊은 곳으로 빠져들어가는 것을 느끼며 몇번이나 잠이 들었다가 깨어났다가를 반복했다.―아니, 완전히 깬 것도 확실하게 잠든 것도 아닌 어중간한 상태가 어제 하루 종일 계속되었다. 머리가 지끈지끈 아팠지만 그 통증을 잊게 해주는 기괴한 세계를 계속 들락날락했다. 그것은 꿈이 확실했지만 그토록 선명하고 현실 같은 꿈이 또 있을까? 나는 돌연 자신이 예민한 육체적 통증과 쾌락의 절정에 도달해 있음을 깨닫고, 처음에는 남편이 진기하게도 강력한 충실감을 느끼게 해준다고 이상하게 생각했지만, 내 위에 있는 사람이 남편이 아니라 키무라 씨인 것을 곧 알아챘다. 그렇다면 나를 보살펴주려고 키무라 씨가 여기에 머문 것일까. 남편은 어디에 간 것일까. 나는 이렇게 도리에 어긋난 일을 해도 괜찮을까? ……그러나 내게 이런 생각을 할 여유도 허락하지 않을 정도로 그 쾌감은 기가 막히게 멋진 것이었다. 남편은 여태껏 단 한번도 나를 이만큼의 쾌감으로 만족시켜준 적이 없었다. 부부생활을 시작하고서 이십몇년간 남편은 어쩌면 그렇게 보잘것없고, 이것과는 전혀 비슷하지도 않고, 미적지근하고, 성에 차지도 않으며, 뒷맛이 개운하지도 않은 것을 나에게 맛보게 했을까. 지금 생각해보면 그것은 진정한 성교가 아니었다. 이것이 참된 성교인 것이다. 키무라 씨가 나에게 이것을 가르쳐준 것이다. ……나는 그렇게 생각하면서도 실제로 일부분 꿈이라는 사실을 알고 있었다. 나를 안고 있는 남자가 키무라 씨처럼 보이지만 꿈속이라서 그렇게 느꼈을 뿐이고 실은 이 남자가 남편이라는 것—남편에게 안겨 있으면서 상대를 키무라 씨라고 생각한다는 것—그것도 나는 알고 있었다. 아마도 남편은 그저께 밤에 나를 욕실에서 이곳으로 데려와 잠들게 한 후 내가 의식을 잃은 것을 절호의 기회로 알고 틀림없이 나의 몸을 여기저기 만졌을 것이다. 나는 그가 너무나도 맹렬하게 내 겨드랑이를 빨고 있어서 움찔하며 어느 순간 정신이 들었다.—그는 그 동작에 열중한 나머지 쓰고 있던 안경을 나의 옆구리에 떨어뜨렸고 기겁한 나는 그 순간에 눈을 뜨고 말았다.—나는 몸에 걸쳤던 옷들이 전부 깨끗이 벗겨져 실오라기 하나 걸치지 않았으며, 똑바로 누인 채 플로어 스탠드와 머리맡의 형광등 스탠드가 비추는 푸르스름한 불빛에 온몸이 드러나 있었다.—그래, 형광등 불빛이 너무도 밝아 눈이 떠졌는지도 모른다.—잠에서 깨어나기는 했어도 몽롱한 상태였는데, 남편은 내 배

위에 떨어진 안경을 주워서 쓰고는 겨드랑이 아래가 아니라 하복부에 입술을 갖다대고 빨기 시작했다. 나는 반사적으로 몸을 움츠렸고 당황해 몸을 숨기려고 담요를 찾은 기억이 나는데, 남편도 내가 잠에서 깨어난 것을 알아차렸는지 나에게 새털이불과 담요를 덮어주고 머리맡의 형광등을 끄고 플로어 스탠드의 갓에 덮개를 씌웠다.— 침실에 형광등이 있을 리가 없는데 남편이 서재의 책상에 있는 것을 가지고 온 모양이다. 남편이 형광등 불빛 아래서 내 몸 구석구석을 자세히 살피면서 한없는 희열을 느꼈을 것이라고 생각하니 — 나 자신조차도 그렇게 세밀하게 본 적이 없는 부분들을 남편에게 보였다고 생각하니 — 얼굴이 달아오르는 걸 느낀다. 남편은 상당히 긴 시간 동안 알몸으로 누워 있는 나를 보았을 것이다. 이렇게 짐작하는 이유는 내가 감기에 걸리지 않도록 하기 위해 — 혹은 잠에서 깨어나지 않도록 하기 위해 — 스토브를 뻘겋게 켜놓아서 방 안이 매우 따뜻했기 때문이다. 남편이 나의 몸을 희롱했다는 사실이 지금 생각해보면 몹시 화가 나고 수치스럽게 느껴지기도 하나 당시에는 그런 감정보다 머리가 욱신욱신 쑤셔서 견딜 수가 없었다. 남편이 — 카드로녹스인지, 루미날인지, 이소미탈인지, 뭔가 수면제였다 — 물과 함께 태블릿을 썹어서 내 입으로 넣어주기에 두통을 잊고 싶어서 순순히 넘겼다. 그러자 나는 다시 의식을 잃기 시작하면서 몽롱한 상태에 빠져들었다. 내가 남편이 아니라 키무라 씨를 안고 자는 듯한 환각을 본 것은 그때부터였다. 환각이라고 하면 어렴풋하여 지금 당장이라도 사라져 없어질 듯 공중에 떠 있는 것이지만 내가 본 것은 그렇게 단순하지 않았다. "안고 자는 듯한 환각"이라고 했지만 "듯한"이 아니라 정말로 "안고 자

는" 생생한 느낌이 지금도 나의 팔이나 넓적다리의 살에 고스란히 남아 있다. 그것은 남편의 살에 닿는 느낌과는 전혀 다른 감각이었다. 나는 확실히 이 두 손으로 키무라 씨의 젊디젊은 팔뚝을 잡았고, 그 탄력 있는 가슴팍에 내리눌렀다. 무엇보다도 키무라 씨의 피부는 매우 하얘서 일본 사람의 피부가 아닌 것처럼 느껴졌다. 게다가, ······아, 창피하지만, ······설마 그럴 리야 없겠지만 남편이 이 일기의 존재를 알지 못하니 하물며 내용을 읽을 리 없다고 생각하며 기록하지만, ······아, 남편이 이 정도로 날 상대해준다면, ······남편은 어째서 그렇게 못하는 걸까. ······참으로 기묘하지만, 나는 그렇게 생각하면서 그것이 꿈이라는 것도, ······꿈이라고는 해도 일부는 현실이고 일부는 꿈이라는 것을, ······그러니까 실제로는 남편에게 당하면서 남편이 키무라 씨처

열쇠 43

럼 보였을 뿐이라는 사실도 의식 한편에서 알고 있었다. 그렇지만 이해가 가지 않는 것은, 내용이 충실한 그 감각만은, ……남편의 것이라고 생각할 수 없는, 나를 누르던 그 감각만은 지금도 여전히 느껴진다는 사실이다. ……

……만일 꾸르부아지에로 인해 취할 수 있다면, 그리고 그런 환각을 느낄 수 있다면 나는 몇번이라도 그 브랜디를 마실 것이다. 나는 나를 그토록 취하게 만든 남편에게 감사해야 하리라. 그렇지만 그렇다 해도 내가 환각상태에서 본 사람은 과연 실제의 키무라 씨였을까. 나는 현실에서 키무라 씨의 생김새와 옷차림으로 그의 모습을 알 뿐, 아직 한번도 벗은 몸을 본 적이 없는데, 어떻게 그것이 환각으로 나타났을까. 내가 공상하는 키무라 씨와 현실의 키무라 씨와는 어떻게 다를까. 나는 꿈과 환각에서가 아니라 실제로 키무라 씨의 알몸을 한번 보고 싶다는 생각이 들었다. ……

1월 30일. ……정오가 지나서 학교로 키무라의 전화가 걸려왔다. "사모님은 어떠십니까?" 하고 묻기에 "오늘 아침 내가 나올 때까지 자고 있었는데 별일 없는 것 같네. 오늘밤에도 한잔하러 오게"라고 했더니, "뜻하지 않게 그저께 밤에는 깜짝 놀랐습니다. 선생님도 좀 조심하십시오. 어쨌든 찾아뵙겠습니다"라고 했고, 키무라는 오후 네시에 집으로 왔다. 아내는 이미 일어나서 거실에 있었다. 키무라는 "바로 돌아가겠습니다"라고 했지만 나는 "오늘밤에 꼭 한잔해야 하네. 뭐 좋지 않나"라고 하며 강하게 키무라를 붙잡았다. 아내는 곁에서 그 말을 듣고서 웃었다. 전혀 싫은 기색이 아니었다. 키무라도 말로는 그랬지만 실상은 갈 마음이 없어 보였다. 키무라는 그저께 한밤중 그가 집으로 돌아간 후 우리 침실에서 어떤 일이 일어났는지 알 리 없겠지만(나는 그저께 밤이 지나기 전에 형광등을 이층 서재에 도로 갖다두었다), 그리고 자신이 이꾸꼬의 환영의 세계에 나타나 그녀를 황홀하게 만든 일도 설마 알 리 없겠지만, 내심 이꾸꼬가 술에 취하기를 그가 바라는 것처럼 보이는 것은 어째서일까. 키무라는 이꾸꼬가 무엇을 원하는지 알고 있는 것 같았다. 알고 있다면 그것은 이심전심일까, 아니면 이꾸꼬에게 암시를 받은 것일까. 그러나 토시꼬는 셋이 술만 마시기 시작하면 꼭 싫은 기색을 내비치며 혼자 벌떡 자리에서 일어나 나가버린다. ……

……오늘밤에도 아내는 중간에 자리를 떠 화장실에 가서 숨었고, 그리고 욕실(목욕은 하루 걸러서 하지만, 아내는 일하는 할멈에게 당분간 날마다 물을 데우라고 말해두었다. 할멈은 우리 집에 왕래하는 사람이라서 저녁 무렵에 물만 받아두고 돌아갔다. 가스에 불을 붙이는 일은 우리들 중 누군가가 하는데 오늘밤에는 시간에 맞추어 이꾸꼬가 했다)에서 쓰러졌다. 모든 것이 그저께 밤과 같았다. 코다마 씨가 와서 캠퍼 주사를 놓았다. 토시꼬가 자리를 피한 것도 키무라가 적당히 거들고 돌아간 것도 그저께 밤과 같았다. 그후 내가 한 행동 역시 같았다. 그리고 가장 기이한 것은 아내의 잠꼬대도 같았다는 사실이다. ……"키무라 씨"라는 한마디가 오늘밤에도 그녀의 입에서 새어나왔다. 그녀는 오늘밤에도 같은 꿈과 같은 환각을 같은 상황에서 본 것일까? ……나는 그녀에게 우롱당

했다고 생각해야 하는 것일까? ……

   2월 9일. ……오늘 토시꼬가 따로 나가서 살겠다는 말을 꺼냈다. 이유는 조용히 공부하고 싶기 때문인데, 다행히 따로 나가서 살기에 알맞은 집이 있어 갑자기 그런 마음이 들었다고 한다. 그 집은 도오시샤 대학에서 토시꼬에게 프랑스어를 가르쳤던 프랑스 노부인의 집으로, 지금도 토시꼬는 그 노부인한테서 프랑스어를 개인적으로 배우고 있다. 부인의 남편은 일본인으로서 지금 중풍으로 누워 있고, 부인이 도오시샤 대학에서 학생을 가르치거나 개인교습을 하면서 남편을 돌보는데, 남편이 발병한 이래로 집에 토시꼬 외에는 학생을 들이지 않고 주로 밖에서 가르쳤다. 집에는 부부 두 사람만 있고 방이 많지 않지만 남편이 서재로 사용하던 별채의 타따미 여덟장 크기의 방이 비어 있어서 그곳에서 기거해준다면 부인도 환자인 남편을 두고 외출할 때 안심할 수 있겠다는 이야기였다. 전화도 있고 가스불을 사용하는 욕실도 있다. 토시꼬가 그 방을 사용한다면 더없이 기쁠 것이라고 부인이 먼저 말을 꺼냈다. 피아노를 가지고 온다면 별채의 마룻바닥에 벽돌을 깔아서 자리를 튼튼하게 할 것이고, 전화도 받을 수 있도록 할 것이며, 화장실이나 욕실도 남편의 병실을 거쳐서 가면 불편하니까 별채에서 직접 갈 수 있도록 통로를 만들 것인데, 그것도 얼마 안되는 비용으로 간단히 설치할 수 있으며, 부인이 집에 없을 때에는 환자인 남편에게 전화가 거의 걸려오지 않고 어쩌다 걸려온다 하더라도 받지 않으면 되니까 토시꼬는 그런 데 일일이 신경쓰지 않아도 된다고 한다. 이런 조건으로 방값도 싸게 받을 테니 얼마 동안 그렇게 있어달라는 것이다. 요사이에는 사흘에 한번꼴로 키무라 씨가 와서 브랜디를 마셨고 꾸르부아지에는 이미 두 병을 비웠는데 그때마다 내가 욕실에 쓰러져서 토시꼬도 진땀을 뺐을 것이다. 그녀는 한밤중 부모의 침실에서 때때로 전등이 켜지고 형광등 램프가 빛나는 것을 알고는 틀림없이 이상하게 생각했을 것이다. 단지 그것이 이유의 전부인지, 다른 사람이나 우리에게 이유를 감춘 채 따로 살고 싶어하는지 알 수가 없다. "아빠가 뭐라고 하실지 네가 직접 여쭤보렴. 아빠가 좋다고 하시면 나는 반대하지 않겠다"고 대답했다. ……

2월 14일. ……오늘 아내가 부엌으로 간 사이 키무라가 이상한 이야기를 꺼냈다. "미국에 폴라로이드라는 사진기가 있다는 사실을 아십니까"라고 했다. 그 사진기는 사진을 찍으면 그 자리에서 현상이 되어 나온다. 텔레비전에서 스모오를 실황 중계한 후 아나운서가 해설할 때 결정적인 상황이 빠르게 스틸사진으로 나오는 것은 폴라로이드를 사용하여 찍었기 때문이다. 그것은 조작이 매우 간단하고 보통 사진기와 다르지 않으며 휴대하기도 편리하다. 스트로보플래시를 사용하면 노출시간도 많이 필요하지 않아서 삼각대 없이도 찍을 수 있다. 지금은 호사가만 드물게 사용할 뿐 널리 보급되지 않았는데, 명함판 두 배 크기의 롤필름에 인화지가 겹쳐져 있는 것으로서, 일본에서는 쉽게 살 수 없어 일일이 미국에 주문한다. 그런데 키무라의 친구가 사진기와 필름을 가지고 있어서 "필요하시다면 빌려올 수 있습니다"라고 한다. 그 말을 들으니 나는 바로 한가지 생각이 떠올랐다. 한데 그런 기계가 있다는 사실

을 알려주면 내가 기뻐하리라는 것을 키무라는 어떻게 알았는지 불가사의하다. 그가 우리 부부 사이의 비밀을 세세히 알고 있다고 생각하지 않을 수 없었다. ······

2월 16일. ······아까 오후 네시쯤에 마음에 좀 걸리는 일이 있었다. 나는 일기장을 아이의 탯줄 기록이라든지 부모님의 오래된 편지를 차곡차곡 넣어둔 거실 벽장의 머릿장 서랍(누구도 손대지 않는 나 혼자만 쓰는 서랍) 속 맨 밑에 넣어두고서, 가능한 한 남편이 외출한 틈을 이용해 꺼내서 쓰곤 했지만, 잊기 전에 써두고 싶은 일도 있고 갑자기 쓰고 싶은 충동이 일어날 때도 있어서 남편이 외출하는 때를 기다리지 않고 그가 서재에 들어박혀 있을 때에도 쓴다. 서재는 거실 바로 위에 있어서 소리는 들리지 않아도 남편이 지금 무엇을 하고 있는지, 책을 읽는지, 글을 쓰는지, 남편은 남편 나름으로 일기를 쓰는지, 그러지 않으면 멍하니 생각에 잠겨 있는지 그 움직임을 어렴풋이 짐작할

수 있는데, 그것은 남편도 아마 마찬가지일 것이다. 서재는 언제나 쥐 죽은 듯이 조용했지만, 때로는 남편이 갑자기 숨을 죽이고 계단 아래의 거실을 주시하기 시작한 듯이 여겨지거나 유독 잠잠해지는—그런 느낌이 드는— 순간이 있다. 내가 이층 서재를 의식하면서 몰래 일기장을 꺼내 쓰고 있을 때 흔히 그런 순간이 찾아오곤 하는데, 내 기분 탓만은 아닐 것이다. 나는 소리를 내지 않기 위해 서양 종이에 펜으로 쓰지 않고, 부드럽고 얇은 안피지雁皮紙를 묶은 작은 일본식 공책을 만들어 거기에 붓으로 가늘게 쓰는데, 조금 전 나로서는 여태껏 그런 적이 없던 일로, 일기 쓰기에 너무 열중한 나머지 아주 짧은 몇초 사이 이층에 대한 주의를 게을리했다. 그러자 그때 고의인지 우연인지 남편이 소리도 없이 내려와 화장실에 가려고 거실 앞을 지나갔으며, 용변을 마치고 다시 곧바로 이층으로 올라갔다. "소리도 없이"란 내가 주관적으로 그렇게 느낀 것이고 남편은 아마 용변을 보는 일 이외에는 다른 생각을 하지 않았을 것이다. 남편이 발소리를 죽이고 왔던 것도 아니고 평소의 걸음새로 계단을 내려왔는데 어쩌다 내가 주의를 하지 않았기 때문에 들어야 할 소리를 듣지 못했을 것이다. 어쨌든 남편이 계단을 다 내려왔을 때에야 나는 발걸음 소리를 들었다. 나는 식탁에 기댄 채 쓰고 있다가 황급히 일기장과 휴대용 필기구(나는 이런 때를 대비해서 벼루를 사용하지 않고 필기구를 사용한다. 이것은 아버지의 유품으로 당목으로 만들었으며, 아마도 중국제인 듯한 골동의 가치가 있는 필기구이다)를 탁자 밑에 숨겨 현장은 들키지 않았으나 노트를 황급히 감출 때 안피지가 구겨지는 소리가 나서 어쩌면 안피지 특유의 바싹거리는 소리가 들렸을지도 모르겠다. 아니, 틀림없이 들렸을 것이다. 그리고 그 소리를 들으면 안피지를 연상할 테고, 그렇다면 내가 그 종이를 어떤 목적으로 사용하는지 추측해 알아내지 않았을까 한다. 나는 앞으로 조심해야겠지만 남편이 내 일기장의 존재를 눈치챘다면 어떻게 하는 게 좋을까. 이제 와서 숨기는 장소를 바꾼다고 해도 이 좁은 집에서는 어디에 숨긴들 발각되지 않을 리가 없다. 단 하나의 방법은 남편이 집에 있을 때 나도 되도록 집을 비우지 않는 것이다. 나는 요즘 계속해서 머리가 무거워 예전처럼 자주 외출하지 않고 니시끼에 장을 보러 가는 일도 대개는 토시꼬나 할멈에게 맡기고 있다. 그런데 실은 키무라 씨가 얼마 전부터 아사히 회관에서「적과 흑」을 상영하는데 보러 가지 않겠느냐고 제안하고 있다. 보러 가고야 싶지만 그때까지 뭔가 대책을 세울 필요가 있다. ……

2월 18일 ……나는 지난밤에 아내가 "키무라 씨" 하고 부르는 소리를 네번이나 들었다. 이제는 그 잠꼬대가 확실히 잠꼬대를 빙자

한 말임은 의심의 여지가 없게 되었다. 그렇다면 무슨 목적으로 그러는 것일까. "나는 정말로 자는 것이 아니라 자는 척하는 거예요"라는 사실을 알리는 것이라고 해도, 그것이 "나는 적어도 상대를 당신이라고는 생각하고 싶지 않아요. 키무라 씨라고 생각하고 싶어요. 그러지 않으면 감흥이 일어나지 않으니까요. 결국 이는 당신을 위한 것이기도 해요"라는 의미일까, "이것은 당신을 질투하게 만들어 자극을 주는 수단이에요. 나는 어떤 경우에도 늘 남편에게 충실한 아내일 뿐 그밖의 그 누구도 아니랍니다"라는 의미일까.
⋯⋯

⋯⋯토시꼬는 오늘 드디어 따로 나가 사는 일을 결행에 옮겨 마담 오까다 집으로 이사했다. 욕실과 별채를 행랑으로 연결하고 피아노 놓을 마룻바닥에 벽돌 까는 공사는 거의 끝났지만 전화는 아직 연결되지 않았다. 오늘은 날이 안 좋은 샤꾸赤口[4]여서 날이 좋은 21일의 타이안大安까지 기다리라고 어제 이꾸꼬가 일렀는데도 토시꼬는 개의치 않고 나가버렸다. 피아노는 바로 운반하기가 여의치 않아 이삼일 후에 가져갈 예정이지만 다른 짐은 키무라가 도와줘서 대부분 옮겼다. (간밤의 일로 이꾸꼬는 여느 때처럼 오늘 아침에도 여전히 혼수상태였다. 저녁때에야 겨우 일어나서 결국 이사를 도와주지 못했다.) 옮긴 곳은 타나까세끼덴쪼오田中関田町로 집에서부터 걸어서 오륙분쯤 걸리는 곳이다. 키무라가 세들어 살고 있는 곳이 햐꾸만벤百万遍 부근 타나까몬젠쪼오田中門前町인데 그곳이

---

4 음양도(陰陽道)에서 만사에 좋지 않다는 흉일.

세끼덴쪼오 関田町에 훨씬 가깝다. 키무라는 이사를 도와주러 와서는 "실례해도 되겠습니까?"라고 하며 계단 중간에서 인사를 하고는 서재로 들어와, "약속한 물건을 가져왔습니다" 하며 폴라로이드를 두고 갔다.

2월 19일. ……토시꼬의 심리상태를 나로서는 헤아릴 수가 없다. 그애는 엄마인 나를 사랑하면서도 미워하는 것 같다. 하지만 그애가 아버지를 미워하는 것도 틀림없는 사실이다. 그애는 부모의 부부관계를 오해하고 있다. 아버지는 나면서부터 음탕한 체질이고 엄마는 그렇지 않다고 생각하는 것 같다. 엄마는 선천적으로 섬세하고 유약해서 지나친 방사房事를 견뎌내지 못하는데 아버지가 억지로 요구하는 것을 듣고, 정상 궤도에서 벗어난 상당히 특이하고 불쾌한 유희에 빠져 그럴 마음이 없던 엄마는 그것에 끌려가고 있다고 생각하는 것 같다. (진실을 말하자면, 내가 그애로 하여금 그렇게 생각하도록 만든 것이다.) 어제 그애는 나머지 짐을 가지러 왔다가 인사하러 안방에 들러 "아빠는 엄마를 죽일 거야"라는 한마디 경고만 남기고 나갔다. 나와 마찬가지로 침묵주의자인 그애로서는 매우 드문 일이었다. 토시꼬는 은연중에 내가 앓고 있는 흉부질환이 이런 일로 악화되어서 중병이 되지나 않을까 걱정하는 것 같다. 그래서 아버지를 미워하는 것 같은데, 그럼에도 경고하는 말투가 이상하게 기분 나빴고 독설과 조롱이 담긴 말처럼 들렸다. 엄마를 걱정하는 딸자식의 따뜻한 마음에서 우러나왔다고 생각할 수가 없었다. 그애의 마음 깊은 곳에는 자신이 엄마보다 이십년이나 젊은데도 용모나 맵시에서 엄마보다 못하다는 열등감이 있는 게 아닐까? 그애는 처음부터 키무라 씨를 싫다고 했는데 엄마-제임스 스튜어트-키무라 씨 순으로 마음을 바꾸어서 그를 싫어하는 척은 하지만 본심은 그 반대가 아닐까. 그리고 내심 나에게 적개심을 품고 있는 것은 아닐까.

......나는 가능한 한 집을 비우지 않으려고 했지만 언제 어떤 사정으로 외출할 일이 생길지도 모르고 남편이 수업하고 있을 시간인데도 갑자기 집으로 들어오는 경우가 없지 않아서 어떻게 일기장을 처리할지 여러모로 생각해보았다. 숨겨도 소용없다면 내가 집을 비운 사이 남편이 과연 일기를 훔쳐보는지 확인할 방법만은 마련해두고 싶었다. 적어도 나는 남편이 몰래 나의 일기장을 들여다보는지 알 수 있다면 알고 싶었다. 나는 일기장에 어떤 표를 붙여둘 것이다. 남편이 몰래

일기장을 들여다보는지 여부는 그 표를 보면 알 수 있다. 일기장에 붙여둔 표는 나만 알고 그가 모르면 더욱 좋다.—아니, 그도 알 수 있을 만한 것을 붙여두는 게 좋지 않을까? 아내에게 들켰다는 걸 알면 그는 앞으로 훔쳐보는 일을 삼가게 될지도 모른다. (왠지 좀 이상하지만)—그러나 어찌 되었든 일기장에 표시를 해두는 것은 간단한 문제가 아니다. 한번은 성공할지 모르나 매번 같은 방법을 사용한다면 허를 찔릴 염려가 있다. 가령 작은 이쑤시개를 일기장의 한 페이지에 끼워두고 일기장을 열 때 떨어지도록 해둔다 치자. 처음에는 성공할지 모르지만 다음부터 남편은 작은 이쑤시개를 떨어뜨리지 않도록 다루면서, 그것이 몇 페이지에 끼워져 있는가를 알아 원래대로 끼워놓을 것이다. (남편은 그런 면에서는 실로 음험하다.) 그렇다고 해서 매번 새로운 방법을 생각해내는 것도 불가능에 가깝다. 나는 여러가지를 생각한 끝에 시험 삼아서 스카치 상표의 쎌로판테이프 600번을 적당한 크기(재보았더니 5쎈티 3밀리였다)로 잘라서 일기장 표지의 어느 한 곳을 정해 겉과 속을 그 테이프로 봉해보았다. (그 위치는 위에서 8쎈티 2밀리, 아래에서 7쎈티 5밀리인 곳인데, 테이프 길이와 붙여둔 위치는 그때마다 조금씩 바꿀 필요가 있다.) 이렇게 해두면 일기를 읽기 위해 테이프를 한번은 뜯어야 한다. 한번 벗겨지고 나면 새 테이프를 같은 길이로 잘라서 같은 위치에 다시 정확히 붙여두는 일은 이론상으로는 가능하지만 실제로 해보면 매우 번거롭고 귀찮아서 제대로 하기가 어렵다. 게다가 테이프를 뗄 때에는 아무리 조심하더라도 주위의 표지 표면에 떼어낸 흔적이 남는다. 다행히도 내 일기장 표지는 보풀이 잘 이는 닥나무로 만든 고급지에다 호분을 바른 것이어서

테이프를 벗기면 그 자리와 주위 표면 2, 3밀리 정도가 함께 벗겨진다. 이 방법을 사용한다면 남편은 절대로 흔적을 남기지 않고는 내용을 읽을 수 없을 것이다.

2월 24일. ……토시꼬가 따로 나가 살면서 키무라가 우리 집에 놀러 올 구실이 표면상으로는 없어졌지만, 그는 변함없이 이삼일에 한번씩은 찾아온다. 내 쪽에서 전화를 걸기도 한다. (토시꼬도 하루에 한번 얼굴을 내밀지만 오래 있지는 않는다.) 폴라로이드를 벌써 이틀 밤에 걸쳐 사용하였다. 사진은 알몸의 정면과 뒷면, 각 부분을 세밀하게 찍은 것, 여러 형태로 팔과 다리를 구부려 웅크리게 하거나, 굽히거나 펴서 가장 고혹적인 각도에서 찍은 것이다. 내가 이 사진들을 찍은 목적을 말하자면 첫째로 사진을 찍는 행위 자체에 흥미를 느꼈기 때문이다. 자고 있는(혹은 자는 척하는) 여체를 마음대로 움직여 여러가지 자태를 만들어보는 일에 희열을 맛보았던 것이다. 두번째 목적은 이 사진들을 내 일기장에 붙여두려 한다. 그렇게 하면 아내는 반드시 이 사진을 볼 것이다. 그녀는 지금까지 그녀 자신이 느끼지 못했던 자기 신체의 아름다운 자태를 발견하고는 틀림없이 놀랄 것이다. 세번째 목적은 그렇게 하면 내가 얼마나 그녀의 벗은 몸을 보고 싶어하는지 그녀가 이해하여 나에게 공감하고, 오히려 감격할 수도 있기 때문이다. (올해 쉰여섯인 남편이 마흔다섯인 아내의 나체를 이렇게 흠모하는 일은 매우 드물다. 그 점을 생각해보라.) 네번째 목적은 그렇게 함으로써 그녀를 극도로 수치스럽게 하여 그녀가 언제까지 시치미를 떼는지 알아보고 싶기 때문이다. 이 사진기는 렌즈가 어둡고 레인지파인더가 달려 있지 않아서 짐작으로 찍어야 하며 나같이 미숙한 사람이 찍으면 초점이 흐려지기 일쑤이다. 거기에다 폴라로이드용 필름도 최근에는 감광도가 대단히 뛰어난 것이 나왔다는데 일본에서는 좀처럼 구입하기 어렵고 키무라가 가지고 온 것은 기한이 지난 오래된 필름이어서 선명한 사진이 나올 리가 없다. 일일이 플래시를 사용해야 하는 것도 번거롭고 불편했다. 이 기계로 나는 첫번째와 네번째 목적만 간신히 만족시킬 수 있기 때문에 아직 일기장에 붙이는 일은 미뤄두고 있다. ……

    2월 27일. 일요일인데 키무라 씨가 오전 아홉시 반에 「적과 흑」을 보러 가자며 찾아왔다. 지금은 대학을 지망하는 학생들이 입학시험 준비로 바쁘기 때문에 교사들도 매우 경황이 없다. 3월이 되면 오히려 여유가 생기지만 이번 달은 한주에 몇번인가 학교에 남아서 보충수업을 해야 한다. 집에 돌아가면 특별히 키무라 씨에게 지도를 받으러 오는 다른 학교의 학생들이 때때로 있다. 키무라 씨는 감이 좋아서 시험 문제를 잘 예상하는 명수인데 키무라 씨가 여기라고 생각한 곳은 반드시 시험에 나온다고 한다. 그의 이러한 직감은 나도 알 것 같다. 학식은 어떨지 몰라도 직감에서 나의 남편은 키무라 씨의 발뒤꿈치에도 못 따라간다. ……그래서 이번 달은 일요일이 가장 한가하다고 할 수 있지만 일요일에는 남편이 아침부터 집에 있어서 내가 외출하기에는 형편이 안 좋았다. 키무라 씨가 오는 길에 토시꼬에게 말을 해놓아서 토시꼬도 나중에 왔다. '자신은 함께 가고 싶지 않은데 둘만 있으면 불편해할까봐 엄마를 위해 희생하는 마음으로 같이 간다'는 표정을 짓고 있었다. "일요일에는 아침 일찍 가지 않으면 자리가 없어요"라고 키무라 씨가 말한다. "나는 종일 집에 있을 거요. 신경쓰지 말고 다녀와요. 「적과 흑」을 보고 싶다고 했잖소"라며 남편이 곁에서 계속 권한다. 남편이 권하는 이유를 알고 있지만 이런 경우를 생각해두었기 때문에 셋이서 나가기로 했다. 열시 삼십분에 입장해서 오후 한시가 지나서 나왔다. 집에 들러 점심을 먹고 가라고 했으나 두 사람은 자기들 집으로 돌아갔다. 남편은 종일 집에 있겠다고 했지만 내가 들어가자 세시경부터 저녁까지 산책을 나가서는 돌아오지 않았다. 나는 남편이 집에 없자 얼른 일기장을 꺼내 보았다. 쎌로판테이프는 대체로 원위치에 붙어 있었다. 표지도 언뜻 봐서는 해진 흔적이 없었다. 그러나 확대경을 대고 보니 희미하게 두어군데 홈이 난 것(상당히 조심스럽게 뗀 모양이다)은 은폐하지 못했다. 나는 두번째 방법으로 테이프 말고 안쪽에 페이지를 세어서 작은 이쑤시개를 끼워두었는데 그것도 처음과 다른 곳에 있었다. 남편이 이 일기장을 훔쳐보았다는 것은 지금 의심할 나위가 없다. 그렇다면 나는 앞으로 계속 일기를 쓸 것인가 말 것인가. 나는 내 속내를 다른 사람에게 이야기하는 것을 원치 않아서 나 자신에게만 이야기할 목적으로 일기를 쓰기 시작했는데 이제 남이 읽고 있다는 사실이 확실해진 이상 그만두어야겠다는 생각이 들지만, 남이라고 해도 남편이고 겉으로는 어디까지나 서로 읽지 않은 듯이 아무렇지 않게 행동하니, 역시 계속 일기를 적어야겠다고 생각한

다. 즉 지금부터는 이런 방법으로 남편에게 간접적으로 말을 하려고 한다. 직접적으로는 부끄러워서 이야기하지 못할 것도 이런 방식으로라면 할 수 있다. 그러나 남편이 몰래 읽는 것은 어쩔 수 없다 하더라도 부디 읽었다는 사실을 절대로 드러내지 않으면 좋겠다. 원래 그는 읽어도 읽지 않은 척하는 사람이니까 그런 것은 미리 부탁하지 않아도 될 것이다. 그리고 남편은 어떨지 모르지만 나는 결코 남편의 일기장을 읽지 않는다는 사실을 믿어주길 바란다. 나는 대단히 구식이며, 적어도 남의 수기 따위를 훔쳐봐도 된다는 교육을 받은 여자가 아니라는 것은 누구보다도 남편이 잘 알고 있다. 나는 남편 일기장의 소재를 알고 있고 때로는 거기에 손을 댄 적도 있으며 어쩌다 일기장을 펼쳐본 적도 없지 않으나 내용은 한 글자도 읽지 않았다. 정말이다. ……

2월 27일. ……역시 추측한 그대로였다. 아내는 일기를 쓰고 있었다. 나는 지금까지 이 사실을 일부러 일기에 적지 않았는데 실은 며칠 전에 어렴풋이 눈치를 챘다. 요전날 오후 화장실에 가기 위해 일층으로 내려가 거실 앞을 지날 때 유리문 안을 들여다보니 아내가 불안정한 자세로 식탁에 기대어 있었다. 그전에 나는 안피지 같은 종이가 갑자기 구겨지는 소리를 들었다. 그것도 한두장이 아니었다. 틀림없이 한권으로 묶은 두툼한 것을 허둥지둥 황급히 방석 밑인가 어딘가에 집어넣어 감추는 소리가 났다. 우리 집에선 안피지를 사용하는 일이 좀처럼 없다. 나는 아내가 부피도 작고 소리도 나지 않는 그 종이를 무슨 용도로 사용하는지 즉시 상상할 수 있었다. 그렇지만 오늘까지 확인할 방법이 없었는데 아내가 오늘 영화를 보러 나간 사이 거실을 뒤져서 쉽게 찾아냈다. 그런데 벌써 내가 찾아낼 것을 예상하고 쎌로판테이프로 봉해놓아서 매우 놀랐다. 쓸데없는 짓을 하는 여자다. 그녀의 의심 많은 성격에는 기가 막힌다. 나는 마누라의 일기라 할지라도 막무가내로 읽는 비열한 놈이 아니다. 그런데 무심결에 짓궂은 생각이 들어서 테이프를 흔적도 남기지 않고 능숙하게 떼어낼 수 있을지 시험해보았다. 나는 그녀에게 "테이프만으로는 부족해, 이런 방법으로는 당신이 모르는 사이에 훔쳐보게 돼, 좀 다른 방법을 생각해"라고 주의를 주고 싶었다. 그러나 결과는 실패였다. 주도면밀한 그녀의 계획에는 손을 들고 말았다. 나는 상당히 주의 깊게 테이프를 벗겨내려고 했지만 표지에 흔적이 남고 말았다. 결국 그녀에게 들키지 않게 테이프를 떼는 일이 불가능하다는 것을 알았다. 틀림없이 테이프의 길이도 재놓았을 터인데 떼어낸 테이프가 그만 둥글게 뭉쳐버려 길이를 알 수 없게 되었다. 눈대중으로 같은 길이의 테이프를 붙여 다시 봉해두었지만 그녀가 모르고 넘어갈 리 없을 것이다. 그러나 미리 말해두지만 나는 봉한 것을 떼기는 했으나, 그리고 안을 펼쳐보긴 했으나 내용은 한 자도 읽지 않았다. 그렇게 가는 글씨는 근시인 내가 읽기도 힘들다. 믿어주었으면 한다. 그렇지만 그녀는 내가 읽지 않았다고 하면 할수록 그 반대로 "읽었다"라고 생각할 것이다. 읽지 않았다고 해도 읽었다고 생각한다면 읽는 편이 나을 테지만 그래도 나는 결단코 읽지 않겠다. 실은 아내가 일기에 키무라에 대한 마음을 어떤 식으로 고백해놓았을까, 그 내용을 알게 될까봐 두렵기도 했다. 이꾸꼬여, 바라건대 일기에 그런 것을 쓰지 말기를. 나는 훔쳐보지 않겠지만 그래도 진심을 쓰지 말아줘. 거짓이라도 키무라는 자극제로 이용하는 것일 뿐이라고, 그 이상의 사람은 아니라고 말해줘. ……

오늘 아침 키무라가 영화를 보러 가자고 이꾸꼬에게 권유하기 위해 찾아온 것은 예전에 내가 부탁해놓았기 때문이다. 내가 "아내는 요즘 내가 집에 있으면 거의 외출하지 않네. 볼일이 있어도 모두 할멈에게 맡긴다네. 아무래도 이상하다는 생각이 들어서 그러는데 그녀를 데리고 나가서 두어시간을 보내고 오게나"라고 했던 것이다. 토시꼬도 함께 간 것은 지금까지의 관례여서 그랬겠지만 그럼에도 토시꼬의 심정을 이해하기는 어렵다. 토시꼬는 엄마를 닮았고, 엄마 이상으로 복잡한 구석이 있다. 생각건대 토시꼬는 세상의 많은 아버지와 달리 내가 자신보다도 엄마를 열광적으로 사랑하는 것에 울분을 느끼고 있는 게 아닐까? 만일 그렇게 생각한다면 그것은 잘못인데 나는 그 두 사람을 동등하게 사랑하고 있다. 단 사랑하는 방법이 아주 다를 뿐이다. 어떤 아버지든 간에 자기 딸을 열광적으로 사랑하는 사람은 없다. 언젠가 토시꼬에게 설명해주어야겠다. ······오늘밤 토시꼬가 따로 나가서 살기 시작한 후 처음으로 넷이 함께 저녁식사를 했다. 토시꼬가 먼저 돌아갔고, 아내는 브랜디를 마신 후 여느 때와 같이 되었다. 밤늦게 키무라가 돌아갈 때 나는 폴라로이드를 돌려주었다. "현상이 번거롭지 않아 좋긴 한데 플래시를 사용하는 것이 성가시니 역시 보통 카메라로 촬영하는 게 좋겠네. 집에 있는 차이스 이콘Zeiss Ikon으로 찍어볼까 생각 중이네"라고 했더니 "현상을 바깥에 맡기실 겁니까" 하고 묻는다. 나는 그 문제에 대해 여러모로 생각하고 있었는데 "자네 집에서 현상할 수는 없을까"라고 했더니 키무라는 조금 곤란한 얼굴로 "댁에서 현상을 하시면 어떻겠습니까"라고 한다. "자네는 내가 무슨 사진을 찍는지 알고 있지 않은가"라고 하니 "잘은 모릅니다만"이라고 답한다. "남에게 보이기 곤란한 사진이지만, 집에서 현상할 형편이 안되네. 사진 확대도 하고 싶은데, 집에는 암실로 쓸 만한 적당한 장소가 없다네. 자네가 지금 사는 집에 만들 수는 없을까. 자네에게 보여주는 것은 어쩔 수 없지만 말일세"라고 했더니, "장소가 없는 것은 아닙니다. 집주인에게 말해보겠습니다"라고 대답한다. ······

2월 28일 ……아침 여덟시 아내가 아직도 깊은 잠에 빠져 있는 가운데 키무라가 찾아왔다. 등교하는 길에 들렀다고 한다. 나도 아직 잠자리에 있었지만 그의 목소리를 듣고 일어나 거실로 들어가니 "선생님, 오케이입니다"라고 한다. 무슨 말인가 했더니 암실 이야기였다. 그가 사는 집은 요즘 목욕물을 데우지 않아 욕실이 비어 있기에 그곳을 사용해도 괜찮으며 거기라면 수돗물도 마음껏 쓸 수 있다고 한다. 조속히 그 준비를 해주기로 했다. ……

3월 3일. ……키무라는 시험으로 바쁘다면서도 나보다 더 열심이다. ……어젯밤에 나는 오랫동안 사용하지 않던 이콘을 꺼내어 서른여섯장짜리 필름을 하룻밤에 다 찍었다. 키무라는 오늘도 마찬가지로 무심한 표정으로 찾아왔다. 그리고 "편히 지내셨습니까"라고 하며 서재로 들어와서 내 안색을 살핀다. 솔직히 말하자면 나는 사진 현상을 키무라에게 맡겨야 할지 말아야 할지 그때까지도 정하기 어려웠다. 키무라는 이꾸꼬의 벗은 모습을 이미 본 적이 있기 때문에 사진 현상을 다른 사람에게 맡긴다면 그밖에 없다. 그렇지만 그도 순간적으로 부분부분을 힐끔 쳐다보기만 하였지, 여러 각도에서 잡은 고혹적인 자세의 아내 몸을 차분하게 바라본 적은 없다. 그런 그에게 현상을 맡기는 건 그를 너무나 자극하는 일이 되지 않을까. 그가 그 정도에서 머문다면 괜찮지만 그 이상의 일이 생길 염려가 있지 않을까. 그렇게 되면 그것을 도발한 사람은 그 누구도 아닌 바로 나이기에 책망받아 마땅한 사람은 나일 것이다. 그에게 책임은 없는 것이다. 그런데 아내가 그 사진을 보게 될 경우도 생각해둘 필요가 있다. 무엇보다도 그녀는 남편이 자기 몰래 그런 사진을 찍었고 사진 현상을 하필이면 남에게 맡긴 사실에 분노—혹은 분노하는 척—할 것이 확실하다. 다음으로, 그녀는 자신의 수치스러운 모습을 키무라에게 보인 이상, 게다가 그 일을 남편이 시킨 이상, 자신은 키무라와 부정한 관계를 맺어도 남편한테 허락받은 것이나 마찬가지라고 생각할지도 모른다. 당연한 결과로 나는 거기까지 상상을 하고는 걷잡을 수 없는 질투를 느꼈고, 그 질투가 주는 쾌감을 위해서 과감히 그러한 위험을 무릅쓰기로 했다. 나는 결심을 하고 키무라에게 말했다. "그럼 이것의 현상을 부탁하네. 절대로 그 누구에게도 보여줘서는 안되네. 모든 걸 자네 혼자서 하게. 사진을 현상하면 한번 와서 보여주고 그 가운데서 재미있는 것을 고르면 명함판 두 배 크기로 확대해주게나." 키무라는 내심 대단히 흥분했겠지만 "아, 네" 하며 애써 무표정한 모습을 지었는데 알아듣고서 돌아갔다. ……

3월 7일. ……오늘 또다시 서재에 있는 책장 앞에 열쇠가 떨어져 있었다. 올해로 두번째다. 지난번은 1월 4일 아침으로, 남편이 외출한 사이 청소하러 들어갔다가 수선화를 꽂아둔 작은 꽃병 앞에 떨어져 있는 걸 보았었다. 오늘 아침엔 납매臘梅꽃이 시들어서 동백으로 바꾸려고 갔는데 그때와 같은 장소에 열쇠가 떨어져 있는 걸 보았다. 필시 무슨 이유가 있을 거라고 생각하며 서랍을 열어 남편의 일기장을 꺼내니 웬걸 내가 했던 것처럼 테이프로 봉해져 있었다. 이것은 남편이 "꼭 열어봐"라는 말을 짐짓 반대로 말한 것이다. 남편의 일기장은 학

생들이 사용하는 보통 노트이며 표지는 매끈하고 두꺼운 서양 종이라서 내 일기장보다는 테이프를 떼기가 쉬워 보였다. 나는 이 테이프를 흔적을 남기지 않고 잘 벗겨낼 수 있을지 시험해보고픈 호기심이 발동해서 ─ 오직 그 호기심만으로 ─ 테이프를 뜯어보았다. 그러나 아무리 잘 벗겨내려고 해도 역시 희미하게 흔적이 남고 말았다. 그 반들반들하고 단단한 종이에 약간의 흠이 생겼다. 테이프가 붙여진 곳에만 그 흔적이 남으면 좋으련만 테이프를 벗기는 동안 주위로 자국이 퍼져서 누군가 일기장을 열어보았다는 사실을 감출 수 없게 되었다. 나는 새로운 테이프로 다시 붙여두겠지만, 남편이 당연히 그것을 알아채고 내가 그 속을 훔쳐보았다고 생각하리란 점은 의심할 나위도 없다. 그러나 나는 몇번이나 말하지만 내용을 한 자도 읽지 않았음을 하늘에 맹세한다. 내가 외설을 듣기 싫어하니까 남편이 이런 식으로라도 나에게 말하려고 하는지 모르겠지만, 그런 까닭에 나는 더욱 읽기 싫고 역겹기조차 하다. 나는 남편의 일기장을 재빨리 펼쳐서 쓴 분량이 얼마나 되는지를 헤아려보았다. 이것도 물론 호기심에서이다. 나는 눈으로, 아주 선이 가는 신경질적인 펜글씨로 남편이 성급하게 써내려간 페이지에서 개미가 기어가듯 적혀 있는 글자만 보았을 뿐 곧바로 일기장을 덮었다. 그런데 오늘은 뭔가 외설적인 사진 같은 것이 몇장 붙어 있는 듯한 느낌이 들었다. 당황한 나는 눈을 감고 여느 때보다 더 서둘러 일기장을 덮었다. 대관절 저것들은 무엇일까. 그런 사진은 어디에서 나서 무슨 목적으로 붙여놓은 것일까. ……나에게 보여주는 것이 목적이 아닐까. 사진 속에 찍힌 인물은 누구일까. 갑자기 나는 몹시 불쾌한 상상이 떠올랐다. 그동안 나는 한밤중에 꿈을 꾸다가 가끔씩 실내가 갑자기 확 밝아지는 느낌을 받은 적이 한두 번 있었다. 그때 나는 누군가가 플래시를 사용해서 나를 촬영하고 있는 것 같다고 생각했다. 그 '누군가'가 남편 같기도 했고 키무라 씨 같기도 했다. 그러나 지금 생각해보니 그것은 꿈이나 환상이 아니었는지도 모른다. 사실은 남편이—설마 키무라 씨일 리는 없고—나를 촬영했는지도 모른다. 그러고 보니 언젠가, "당신은 자신의 몸이 얼마나 훌륭하고 아름다운지 모르고 있어. 한번 사진을 찍어서 보여주고 싶군"이라고 말하던 것이 기억난다. 그렇다, 틀림없이 저 사진은 나를 찍은 것이다. ……

　……나는 때때로 깊이 잠든 도중에 내 몸이 나체로 되는 것을 어렴풋이 느끼기도 했다. 지금까지 그것을 나의 망상이라고 생각했는데

만일 그 사진이 나를 찍은 것이라면, 역시 현실이었나보다. 그러나 나는 내가 깨어 있을 때 찍는 것은 용서하지 못해도 모르는 사이에 찍는 것이라면 허용해도 부끄럽지 않다고 생각한다. 한심스러운 취미라 할지라도 남편이 나의 벗은 몸을 보는 걸 좋아하니 남편에게 충실해야 하는 아내의 의무로 모르는 사이에 알몸이 되는 정도는 참아야 한다고 생각한다. 봉건시대의 정숙한 여자였다면, 아내가 남편의 명령에 복종해야 하는 이상, 아무리 꺼림칙하고 불쾌한 것이라 해도 남편 말에 자진해서 따랐을 것이고, 또 따르지 않으면 안되었을 것이다. 하물며 내 남편은 그런 광적인 유희로 자극받지 않으면 나를 만족시킬 수 있는 행위를 하지 못하기 때문에 더욱 그렇다. 내가 의무만 다하고 있는 것은 아니다. 한편으로 나는 정숙하고 유순한 아내인 것에 대한 보상으로서 나의 한없이 왕성한 음욕을 채우고 있는 것이다. 그렇지만 남편은 어째서 나를 벗겨놓는 것으로 만족하지 않고, 벗은 몸을 사진으로 찍고, 어쩌면 나에게 보여줄 목적으로 확대까지 해서 일기장에 붙여놓았을까. 내가 하나의 마음에 극도의 음란함과 극도의 수줍음을 동시에 지니고 있다는 사실을 누구보다도 남편이 가장 잘 알고 있지 않은가. 그리고 또 남편은 사진 확대를 누구에게 부탁했을까. 그런 사진을 다른 사람에게 보여주면서까지 확대할 필요가 어디 있었을까. 나에 대한 단순한 장난기에서일까. 아니면 의미가 따로 있는 것일까. 항상 나의 '고상한 취미'를 조롱하던 남편이 나의 보잘것없는 수줍은 성격을 고쳐주려는 의도에서일까. ……

　　3월 10일 ……이런 일을 여기에 써도 될지, 아내가 이것을 읽게

되면 어떤 결과를 초래하게 될지 궁금하다. 고백하건대 나는 얼마 전부터 계속 심신에 어떤 이상이 일어나고 있다.―그런 느낌이 든다. "느낌이 든다"라고 하는 것은 그것이 별반 심각하지 않은 노이로제에 불과하다고 생각하기 때문이다. 본래 나는 보통 사람에 비해서 그 방면의 정력이 떨어지지는 않았다. 하지만 중년이 되고 나서 아내의 지나치리만큼 왕성한 욕구를 채워줄 필요 때문에 정력이 빠른 시간에 소진되어버려서 요즘에는 욕망이 대단히 쇠약해졌다. 아니, 욕망은 크지만 그것을 뒷받침할 체력이 따라주지 않는다라는 표현이 적절하겠다. 그래서 여러모로 부자연스럽고 무리한 방법을 써서 감정을 억지로 자극하여 욕망이 병적으로 강한 아내에게 가까스로 대응하고 있지만, 과연 언제까지 이렇게 할 수 있을지 가끔 두려워진다. 십여년 전을 전후해서 나는 늘 아내의 공격에 압도되어 수동적이기만 한 나약한 남편이었는데 최근에는 그렇지 않다. 올해 들어 갑자기 키무라라는 자극제를 이용할 생각을 했

고, 브랜디라는 묘약을 찾아낸 덕택으로 현재는 나 자신이 생각해도 이상할 정도로 왕성한 욕망이 솟구치고 있다. 거기에다 나는 정력 보충을 위해서 소오마 박사와 의논하여 한달에 한번 정도 남성 호르몬 주사를 맞고 있지만 그것만으로는 부족하여 뇌하수체 전엽 호르몬 오백 단위 주사를 사흘이나 나흘에 한번씩 맞고 있다. (이것은 소오마 씨에게 비밀로 하고 내가 직접 놓고 있다.) 그런데 나 자신이 신기할 정도로 이렇게 왕성한 상태를 유지할 수 있는 것은 필시 약의 효과보다는 주로 정신적 흥분의 소산임에 틀림없다. 질투가 빚은 격렬한 정열, 아내의 알몸을 마음껏 봄으로써 가속적으로 촉진된 성적 충동, 이러한 것들이 어디쯤에서 그만두어야 할지 모를 만큼 나를 광적으로 이끌어가고 있다. 당장은 아내보다도 내가 훨씬 음탕한 남자가 되었다. 나는 밤이면 밤마다 이전에는 꿈도 꾸지 못한 법열의 경지에 빠져들 것을 생각하면 내가 누리는 행복에 고마움을 느끼지 않을 수 없지만, 동시에 역시 이런 행복은 언제까지 계속 유지될 리는 없다고 생각하며 언젠가는 보복이 따를 것이고, 나는 시시각각 생명이 소진되고 있다는 예감도 든다. 아니 실제로 보복의 전조로 생각되는 현상이 정신과 육체 양쪽에서 이미 두어번 연달아 발생하고 있음을 느낀다. 얼마 전인 지난주 월요일 아침, 그러니까 키무라가 출근하는 도중에 집에 들른 날 아침이었다. 나는 키무라가 찾아와서 침대에서 일어나 거실로 가려고 했는데, 바로 그때 기이한 일이 벌어졌다. 일어나는 순간 주변에 있던 것들, 즉 스토브 연통, 장지문, 맹장지, 환기창, 기둥 등의 선이 희미하게 이중으로 보였다. 이제 나이 들어 시력이 약해져서 그런가라는 생각에 열심히 눈을 비볐지만, 나이 때문이 아닌 것 같았다. 뭔가 시각에 이상한 변화가 일어난 것 같았다. 지금까지 여름에 뇌빈혈을 일으켜 가벼운 현기증을 느낀 적은 있지만 그런 것과는 분명히 달랐다. 현기증이라면 대체로 이삼분만 지나면 평상시로 돌아오지만 시간이 지나도 계속 사물이 이중으로 보였다. 장지문의 문살, 화장실과 욕실의 타일 이음매, 이런 것들이 모두 이중으로 보이고 약간 비뚤어져 보였다. 그렇게 겹쳐 보이거나 비뚤어져 보이는 상태는 매우 미미한 것으로 움직임에 불편을 느낄 정도는 아니고 남들이 눈치챌 정도도 아니어서 오늘까지 그대로 있었지만 그날부터 지금까지 줄곧 그런 상태이다. 불편하거나 고통스럽지는 않지만 왠지 기분이 좋지 않았다. 안과에 가서 진찰을 받아볼까라는 생각도 했지만, 단순히 눈만 문제가 아니라 더욱 치명적인 곳에 병원균이 있을 것 같다는 느낌이 들어 병원에 가기가 두려웠다. 이것은 아마도 반 이상은 신경문제라고 생각하지만, 가끔씩 몸이 힘

없이 흔들거리며 갑자기 중심을 잡지 못하고 오른쪽이나 왼쪽으로 쓰러지려고 할 때가 있다. 평형감각을 주관하는 신경이 어디를 통과하는지 잘 모르지만 늘 후두부 쪽 척수 바로 윗부분에 구멍이 난 것 같은 느낌이 들고, 그곳을 중심으로 몸이 한쪽으로 기울어진다. 이런 증상을 노이로제 현상이라고 생각할 수도 있는데, 어제 이상한 일이 한가지 더 일어났다. 오후 세시경 키무라에게 전화를 걸려고 하는데, 거의 매일같이 전화를 하던 키무라의 학교 전화번호가 도저히 생각나지 않는 것이었다. 잠시 잊어버릴 수는 있지만 어제는 그런 망각이 아니라 완전한 기억상실증과 같은 망각이었다. 국번도 국명도 모두 기억나질 않았다. 나는 놀랍고 당황스러웠다. 혹시나 해서 키무라의 학교명을 기억해내려고 했지만 이것도 역시 떠오르지 않았다. 가장 놀랐던 일은 키무라는 키무라 무엇이라고 하는지 성명을 모두 기억해내려고 해도 그것이 떠오르지 않는다는 사실이었다. 집에서 일하는 할멈의 이름도 모르겠다. 내 아내의 이름이 이꾸꼬이고 딸의 이름은 토시꼬라는 것은 확실히 알겠는데 돌아가신 장인, 장모의 이름이 생각나지 않았다. 토시꼬가 세를 들어 사는 집의 이름도, 그 집이 일본인을 남편으로 둔 프랑스 부인의 집으로 그 사람은 도오시샤 대학의 프랑스어 강사라는 것은 알겠는데 이름이 도저히 기억나지 않았다. 더욱 심한 것은 이 집이 있는 동네 이름이, 사꼬오꾸左京区는 기억이 나는데 요시다우시吉田牛의 미야쪼오宮町라는 이름이 떠오르지 않는 것이었다. 나는 내심 엄청난 불안에 휩싸였다. 만일 이 상태가 계속되고 그 정도가 점점 심해진다면 대학교수 자리를 유지할 수 있을까. 문제가 그것만이 아니다. 나 혼자서 외출은 물론이고 사람을 만나는 일도 불가능해져 결국 폐인이 되지는 않을까. 지금은 단지 기억상실이라고 해도 주로 사람의 이름이나 주소가 생각나지 않을 뿐이지, 일이나 연구에 관한 기억은 괜찮다. 그 프랑스인의 이름이 생각나지 않을 뿐이지 그러한 프랑스인이 있다는 것, 그 집에 토시꼬가 세 들어 산다는 것은 알고 있다. 그러니까 머릿속에서 사람과 물건의 이름을 전달하는 신경이 마비되었을 뿐, 지각이나 전달을 관장하는 조직 전부가 마비된 것은 아니다. 다행히 마비상태에 있는 기간도 겨우 이삼십분에 불과하고, 얼마 안돼 차단되었던 신경의 통로가 바로 복구되면서 잃어버린 기억들이 돌아와 모든 것이 평소대로 된다. 그동안 나는 과연 언제까지 지속될지 알지 못하는 불안을 가슴에 남몰래 품고 누구에게도 알리지 않고 누구도 눈치채지 못하게 하면서 지내왔지만, 그리고 그 이후에는 아무 일 없이 무사히 지내왔지만, 언제 다시 그런 증상이 닥칠지 모른다는 불안감, 즉 그 시간이 이삼십분이 아니라 하루나 이틀 또는 일년이나 이년이 될 수도 있고 때에 따라서는 평생을 그렇게 살지도 모른다는 불안감이 머릿속을 떠나지 않았다. 아내가 이 글을 읽는다면 어떤 조치를 취할 것인가? 나의 앞날을 염려해서 지금부터는 행동을 좀 자제할까. 추측해보건대 아마 아내는 조신하게 행동하지 않을 것이다. 그녀의 이성은 자제를 명하겠지만 그녀의 지칠 줄 모르는 육체는 이성의 말에 귀 기울이지 않고, 나를 파탄으로 몰아가더라도 만족을 채우기 위해 멈추지 않을 것이다. '뭐라는 거예요. 당신은 요사이 아주 좋은 상태가 계속된다고 하더니 결국 못 견디고 손을 드는군요. 공세를 조금 완화시키기 위해서 그런 겁을 주는군요.' 이렇게 그녀는 생각할지도 모른다. 아니, 무엇보다 지금은 나 자신이 나를 제어할 수 없다. 나는 원래 병에 대해 대담한 편이 아니고 매우 겁이 많은 사람이지만, 이번 일에 관해서는 쉰여섯인 오늘에 이르러 처음으로 사는 보람을 찾아낸 심정에서 어떤 점에서는 아내 이상으로 적극적이고 저돌적으로 되고 있다. ……

3월 14일. ……오전 중 남편이 없는 사이에 토시꼬가 와서 "엄마에게 할 얘기가 있어요"라고 한다. 뭔가 진지한 표정이다. 무슨 이야기인가 물었더니 "어제 키무라 씨 집에서 사진을 보았어요"라고 하며 나의 눈을 가만히 들여다본다. 들어도 무슨 말인지 몰라서 되물었더니

"엄마, 저는 어떤 경우에도 엄마 편이에요. 정말 무슨 일인지 이야기 해봐요"라고 한다. 어제 키무라 씨에게 프랑스어 책을 빌리는 약속을 해놓아서 지나는 길에 들렀다고 한다. 키무라 씨가 집에 없었으나 들어가서 책장에서 책을 꺼내니 그 속에 명함판 두 배 크기의 사진이 몇 장 들어 있었다고 한다. ─ "엄마, 대체 그건 어떤 의미죠?"라고 묻는다. "무슨 일인지 잘 모르겠다"라고 하니 "왜 나에게 숨겨요?"라고 한다. 나는 대강 그 사진이라는 것이 일전에 남편의 일기장에 붙어 있던 것과 같은 것일 테지, 그리고 그 사진은 역시 상상한 대로 나의 꼴사나운 모습을 찍은 것일 테지, 거기까지는 추측하겠는데 어떻게 토시꼬에게 설명할지 대답이 바로 떠오르지 않았다. 토시꼬는 실제 상황보다 훨씬 악랄하고 아주 심각한 사건이 숨어 있다고 생각하는 것 같았다. 아마도 토시꼬는 틀림없이 그 사진을 나와 키무라 씨 사이에 불륜 관계가 있음을 보여주는 증거로 이해했을 것이다. 나는 남편과 키무라 씨를 위해서 또 나 자신을 위해서 그 자리에서 바로 해명을 해야 했지만, 사실을 있는 그대로 이야기한다고 해도 토시꼬가 그것을 순순히 받아들일지는 의문이었다. 나는 잠시 생각한 후에 말을 했다. ─ 있어서는 안될 일인 것 같지만, 세간에 나의 그런 부끄러운 자세를 찍은 사진이 있다는 사실을 실은 지금 네가 말하기 전까지는 확실하게 알지 못했다. 만일 그런 사진이 있다면 내가 깊이 잠든 사이에 아빠가 찍은 것일 텐데, 키무라 씨는 그저 아빠로부터 사진 현상을 의뢰받은 사람에 지나지 않을 것이다. 키무라 씨와 나는 결단코 아무 관계도 아니다. 아빠가 왜 나를 깊이 잠들게 만들고, 왜 그런 사진을 찍었는지, 왜 사진 현상을 본인이 하지 않고 키무라 씨에게 맡겼는지, 그것은 상

상에 맡기겠다. 지금 딸 앞에서 이렇게 이야기하는 것만으로도 나는 힘겨울 지경이다. 이제 더이상 묻지 말았으면 한다. 모든 것은 아빠의 명령에 따른 것으로서, 나는 어디까지나 아빠를 충실히 따르는 것을 아내의 마음가짐과 임무로 여기고, 내키지 않았지만 시키는 대로 한 일이라는 것을 믿어주면 좋겠다. 네가 이해하기 어려울지는 모르겠지만, 구식 교육을 받고 자란 엄마는 이렇게 할 수밖에 없었다. 엄마의 나체사진이 아빠에게 기쁨을 준다면 엄마는 기꺼이 부끄러움을 참고 카메라 앞에 설 것이다. 더구나 다른 사람도 아닌 아빠가 찍는 카메라잖니 — "엄마, 정말 엄마는 제정신으로 말하는 거예요?"라며 토시꼬는 어이없어했다. "그래, 진심이야"라고 하니 "나는 엄마를 경멸해요" 하며 분노한 어조로 말한다. 토시꼬가 화를 내는 모습이 조금 재미있

열쇠 75

어서 나는 감정을 약간 과장하기도 했다. "엄마는 정숙한 여성의 귀감이네요"라고 하며 토시꼬는 속상한 듯한 얼굴에 냉소를 지었다. 토시꼬가 사진 현상을 키무라 씨에게 맡긴 아빠의 심리가 너무도 이상해 참을 수 없다고 하면서, 이유 없이 엄마를 욕보이고 키무라 씨를 괴롭힌다며 아빠를 향해서 비난을 퍼붓기에, "이런 일에 딸이 관여하지 않았으면 한다"라고 나는 말해두었다. "아빠가 엄마를 욕되게 했다고 너는 말하지만 정말로 욕보인 것일까? 엄마는 그렇게 생각하지 않는다"라고도 했다. "아빠는 엄마를 지금도 열렬히 사랑하고 있단다. 아빠는 엄마의 육체가 나이보다 젊고 아름다운 것을 누군가 자신 이외의 다른 남성에게 보여줘서 확인받고 싶은 마음이 있었을 거야. 그 마음에 병적인 데가 좀 있긴 하지만 나는 이해한단다." ― 나는 남편을 옹호할 필요성을 느껴서 꺼내기는 어려웠지만 꽤 유창하고 조리있게 말했다. 나의 일기를 틀림없이 훔쳐볼 남편이 이것을 읽는다면 내가 얼마나 남편을 감싸기 위해 고심했는지 알 것이다. "그렇지만 그것뿐일까요. 아빠는 키무라 씨가 엄마를 어떻게 생각하는지 아실 텐데, 고약하지 않나요"라고 토시꼬가 말했다. 나는 거기에는 답하지 않았다. 토시꼬는 키무라 씨가 그 사진을 책 사이에 끼워둔 것에 대해 "키무라 씨가 한 일인 만큼" 단지 부주의한 것이라고는 생각할 수 없고 어떤 이유가 있는 듯하며, 자신에게 어떤 역할을 맡긴 것인지도 모른다고 했다. 키무라 씨에 대해 그애가 여러모로 관찰한 바를 이야기했지만 여기에 적지 않는 것이 남편을 위해서 좋다고 생각한다. ……

3월 18일. ……사사끼 씨의 귀국 축하연이 있어서 열시가 지나

서 집에 돌아왔다. 아내는 저녁때부터 외출 중이라고 했다. 아마 영화를 보러 갔을 거라고 생각하며 서재에서 일기를 쓰고 있는데 열한시가 지나도 돌아오지 않았다. 열한시 반에 토시꼬가 전화를 걸어서 "아빠, 잠깐 오세요"라고 한다. "어디로?" 하고 묻자 "세끼덴쪼오로요"라고 한다. "엄마는?" 하니까 "여기에 있어요"라고 한다. "늦었으니 집으로 오라고 하거라. 할멈도 가버려서 집에 나 혼자 있다"라고 하니, 갑자기 전화기에 입을 바짝 대고 작은 목소리로 "엄마가 세끼덴쪼오의 욕실에서 쓰러졌어요. 코다마 선생님을 불러도 좋을까요"라고 한다. "거기에 누구누구 있니" 하고 물으니 "셋이 있어요"라고 한다. "설명은 나중에 할게요. 어쨌든 어서 주사를 놔야 해요. 아빠가 못 오시면 코다마 선생님을 부를게요"라고 한다. "코다마 씨는 부르지 않는 게 좋겠다. 내가 주사를 놔줄 거다. 넌 이리로 와서 집을 보려무나."―나는 요사이 비타캠퍼 주사를 상비해두고 있는데 토시꼬가 오기를 기다리지 않고 집을 비워둔 채로 바로 나갔다. (이럴 때 얼마 전에 경험했던 기억상실이 찾아올 것 같다는 공포감이 스치고 지나갔다.) 나는 세끼덴쪼오에 있는 그 집의 위치를 알고 있었지만 안에는 처음으로 들어갔다. 토시꼬가 문 앞에서 서 있다가 나를 정원에서 곧바로 별채로 안내하고서 "그럼 저는 집을 보러 갈게요" 하고는 밖으로 나갔다. "걱정을 끼쳐드려서 죄송합니다"라고 키무라가 인사를 했다. 키무라에게 어떤 연유인지 묻지 않았다. 키무라 역시 그에 관해서는 한마디도 하지 않았다. 서로 거북하고 겸연쩍어서 난 서둘러 주사를 준비했다. 피아노 앞에 있는 타따미 위에 이불을 펴놓았는데 그곳에 아내가 조용히 누워 있었다. 그 옆에 있는 밥상에는 잔과 그릇들이 어지럽게 놓여 있었다. 머리맡의 벽에는 아내의 외출복이 토시꼬가 양장을 걸 때 사용하는 조화와 리본으로 장식된 행거에 걸려 있었고 아내는 긴 속옷만 입은 채 누워 있었다. 아내는 나이에 비해 화려한 것을 좋아하는데 입고 있는 긴 속옷은 특히 요란할 정도로 야했다. 평소와 다른 시간과 장소 탓으로 특히 그렇게 느껴졌는지도 모른다. 맥박은 늘 이런 경우의 맥박과 다르지 않았다. 키무라는 "따님과 둘이서 여기까지 옮겼습니다"라고만 했다. 몸을 대충 닦고 옮겼지만 아직도 몸 전체에 물기가 있어서 속옷이 몸에 착 달라붙어 있었다. 속옷 끈은 매어 있지 않았다. 한가지 달라진 점은 머리가 풀어져 산만하고 속옷의 깃에 물기가 흥건하다는 것이었다. 지금까

지 집의 욕실에서 쓰러졌을 때에는 머리를 항상 묶고 있었고 이렇게 풀어놓은 적이 없었다. 이것은 키무라의 취미일지도 모른다고 생각했다. 키무라는 이 집의 살림살이를 잘 알고 있어서, 욕실에서 세숫대야나 그외의 것들을 가져와 물을 끓이기도 하면서 주사기 소독을 도와주었. ……"여기에 계속 있게 할 수는 없네"라고 약 한시간 후에 나는 말했다. "안채의 주인은 일찍 잠자리에 들었고 마담은 아무것도 모르는 것 같습니다"라고 키무라가 말했다. 맥박이 많이 호전되어서 아내를 데리고 집으로 가기로 했다. 키무라에게 자동차를 불러달라고 부탁했다. "거기까지 제가 업고 가겠습니다"라고 하며 키무라가 등을 내밀었다. 나는 아내를 안아 일으켜서 속옷바람인 채로 키무라의 등에 업히게 하고 행거에 걸려 있는 옷

가지와 겉옷을 챙겨서 덮어주었다. 정원을 가로질러 둘이 함께 문 앞에서 대기하고 있던 자동차에 아내를 태웠다. 60엔을 지불하는 소형차여서 키무라는 앞자리에 앉았다. 브랜디 냄새가 속옷과 겉옷에 스며들어 있어서 차 안이 그 냄새로 숨이 막힐 것 같았다. 나는 아내를 가로로 안고 앉아서 차가워진 아내의 머리카락 속에 얼굴을 파묻었으며 아내의 발을 꽉 움켜쥐고 입을 맞추었다. (키무라는 보지 못했겠지만 눈치챘는지 모른다.) 키무라는 침실까지 아내를 데려다주고는 "선생님, 오늘밤 일은 저를 믿어주십시오. 따님은 전부 알고 있습니다"라고 했다. "이제 돌아가도 되겠습니까"라고 하기에 "그러게"라고만 했다. 키무라가 가고 나서 토시꼬가 집을 보고 있다는 사실이 생각나서 거실과 토시꼬의 방에 가보았지만 없었다. 좀전에 우리들이 이꾸꼬를 자동차에서 안아 내릴 때 현관에서 서성거리고 있었는데 우리가 집에 들어오자 잠자코 세끼덴쪼오의 집으로 돌아간 것 같았다. 나는 일단 서재로 올라가서 먼저 오늘밤 지금까지 있었던 일을 서둘러 일기에 써두었다. 일기를 쓰면서 나는 몇시간 후 경험하게 될 쾌락의 여러 모습들을 상상해보았다. ……

3월 19일. ……나는 날이 샐 때까지 한숨도 자지 못했다. 어젯밤에 일어난 갑작스러운 사건은 무엇을 의미하는가. 지난밤 일을 생각하면 공포와도 같은 즐거움이 느껴진다. 나는 아직 키무라나 토시꼬, 그리고 아내에게서 아무런 말도 듣지 못했다. 들어볼 기회가 없기도 했지만 빨리 듣고 싶지도 않았다. 듣기 전에 스스로 혼자서 생각하는 것이 즐거움이기도 했다. 나 스스로 마음 내키는 대로 이 것은 이러한 것이지 않을까, 아니 그렇지 않고 이렇지 않을까 하며 여러 경우를 상상해보고 질투와 분노에 휩싸이노라면 한없이 왕성한 음욕이 피어오른다. 사실이 확실하게 밝혀지면 오히려 이런 쾌감은 사라지고 만다. 아내는 새벽녘부터 예의 잠꼬대를 하기 시작했다. "키무라 씨" 하는 말이 오늘 새벽녘에는 더욱 빈번하게 때로는 강하고 때로는 부드럽게 끊어질 듯 이어질 듯 반복되었다. 그 목소리가 끊어질 듯 이어지면서 계속되는 사이에 나는 시작을 했다. ……순식간에 질투심도 분노도 사라졌다. 아내가 깊은 잠에 빠져 있는지, 깨어 있는지, 자는 척을 하는지도 문제가 되지 않았고, 내가 나 자신인지, 키무라인지조차 알지 못했다. ……그 순간 나는 사차원의 세계로 돌입한 느낌이었다. 갑자기 높디높은 도리천忉利天 꼭대기에 다다른 것인지도 모른다고 생각했다. 과거는 모두 환영으로서 여기에 진실이 존재하며, 나와 아내 단 두 사람만 여기에 서서 서로 포옹하고 있다. ……나는 지금 죽을지도 모르나 지금 이 찰나는 영원하다는 것을 느꼈다. ……

   3월 19일. ……어젯밤에 있었던 일을 만약을 위해 자세하게 써두려고 한다. 어제 남편이 밤늦게 돌아온다고 해서 "우리 영화 보러 갈지도 몰라요"라고 나는 미리 남편에게 말해두었다. 네시 반쯤 키무라 씨가 데리러 왔고 토시꼬는 늦게 다섯시쯤 왔다. "늦지 않았니"라고 하니 토시꼬가 "시간이 어중간하니까 식사를 미리 하는 편이 좋을 것 같아요. 엄마, 오늘은 제가 써비스할 테니 세끼덴쪼오에서 식사를 해요. 아직 한번도 제가 사는 곳에 와본 적이 없잖아요"라고 했다. "닭고기를 한근 사왔어요"라고 하며 토시꼬는 닭고기와 채소, 두부를 양손에 들고 키무라 씨와 나를 데리고 나오는데 "술은 나한테 기부하는 셈 쳐요"라며 아직 반 이상이나 남은 꾸르부아지에 병을 집어들었다. "그것은 가지고 가지 않는 게 좋을 거야. 오늘은 아빠도 안 계시고"라고 했지만, "그래도 모처럼의 진수성찬에 술이 없으면 서운하잖아요"라고 하는 것이었다. "진수성찬일 필요는 없어. 지금 영화 보러 가는 길이니까 식사는 간단히 하는 게 좋아"라고 했지만 "전골 요리라 아주 간단해요"라고 토시꼬는 말한다. 피아노 앞에 교자상 둘을 붙이고, 가스화로(냄비와 화로는 안채에서 빌려왔다)로 곧장 음식을 조리했는데 재료의 양이 평소보다 많고 종류도 이것저것 준비되어 있어서 놀랐다. 파, 실곤약, 두부는 그렇다고 해도 밀기울, 생유바生湯葉, 백합뿌리, 배추 등등──토시꼬는 일부러 재료를 한번에 가지고 오지 않고 시간을 두고서 재료가 없어질 때마다 조금씩 계속 내왔다. 닭고기도 한근만 있는 게 아닌 것 같았다. 자연스레 식사를 하기보다는 브랜디를 마시게 되었다. "따님이 브랜디를 함께 마시다니 드문 일이네요" 하면서 키무라 씨도 평소보다 과음을 했다. "이미 영화 보러 가기에는 늦었네"라고 분위기를 살피며 토시꼬가 말했다. 나도 영화를 보기에는 너무 취기가 돌아 있었다. 그러나 술을 과하게 마셨다는 생각은 들지 않았다. 언제나 그렇지만 나는 취한 사실을 숨기고 마시는 탓에 어느 정도까지는 멀쩡하게 있다가 일정량이 넘으면 갑자기 이상해진다. 처음에 나는 오늘밤 토시꼬가 주는 술에 취할지도 모른다고 생각하며 내심 경계했다. 그러나 경계하는 한편으로 기대가 되는 ─ 혹은 바라는 ─ 마음이 없진 않았다. 키무라 씨와 토시꼬 사이에 미리 계획이 있었는지는 잘 모르겠다. 그들에게 물어보아도 대답해줄 리 없어서 묻지 않았다. 단 키무라 씨가 "선생님도 안 계신데 이렇게 마셔도 괜찮을까요"라고 했지만, 요사이 상당히 주량이 늘어서 나와 술을 권커니 잣거니 했다. 키무라 씨도 그렇게 생각하겠지만, 남편이 없을 때 내가 키무라 씨와 잔을 주고받는 것은 남편의 뜻을 거스르는 건 아니라고 생각한다. 남편이 질투를 느끼도록 만드는 것이 남편을 행복하게 하는 일이라는 사실을 알고 있다. 그렇다고 해서 남편을 자극하는 일이 나의 유일한 목적이었던 것은 결코 아니다. 그런데 그런 안도감이 마음 한구석에 있어서일까, 결국 계속 술을 마시게 되었다. 그리고 지금 여기에서 정확하게 말하는데, 나는 키무라 씨를 사랑하는 그런 경

지까지는 가지 않았지만, 좋아하는 것만은 사실이다. 마음만 먹으면 사랑할 수도 있다. 남편의 질투를 유발시키기 위해 여기까지 오는 것이 필요했지만, 처음부터 키무라 씨를 좋아하지 않았더라면 여기까지 오지도 않았을 것이다. 그리고 지금까지는 여기에 엄중한 선을 긋고 그 이상으로 나아가지 않도록 노력해왔지만, 이제부터는 자칫 발을 헛디뎌서 관계가 깊어질 수도 있을 것 같다는 생각도 든다. 나는 남편이 나의 정조를 과신하지 않기를 바란다. 나는 남편의 주문에 응하기 위해 최후의 갈림길까지 시련을 견디며 왔지만, 이제부터는 자신이 없다. ……한편 나는 꿈인지 생시인지 알 수 없는 상태로 잠에 빠져 있을 때면 언제나 알몸의 키무라 씨를 보게 된다. ……키무라 씨인가 하고 보면 남편이고, 남편이라고 생각하면 키무라 씨로 바뀌는 그 알몸을 ……남편의 방해를 받지 않고 내 눈으로 한번 확인해보고 싶다는 호기심도 없지 않았다. 나는 어느 순간엔가 급격히 취기가 돌아서 늘 하던 대로 화장실에 숨었는데 "엄마, 오늘 목욕물을 데워놓았어요. 마담이 목욕을 끝냈으니까 엄마가 들어가요"라고 토시꼬가 화장실 밖

에서 말했다. 내가 욕실에 들어가면 쓰러질 것이고, 내가 쓰러지면 안아서 일으킬 사람은 토시꼬가 아니라 키무라 씨일 거라고 이미 몽롱해진 의식 속에서도 알고 있었다. "엄마, 그렇게 하세요"라고 토시꼬가 한번인가 두번 정도 말하러 온 것도 희미하게 기억한다. 그리고 바로 혼자서 욕실을 찾아 들어가 유리문을 열고 옷을 벗은 것까지도 생각이 나는데 그후로는 의식을 완전히 잃고 말았다. ……

3월 24일. ……어젯밤에 다시 아내가 세끼덴쪼오의 집에서 쓰러졌다. 저녁식사 후에 두 사람이 영화 보러 가자고 하며 아내를 데리고 나가서는, 밤 열한시가 지나도 돌아오지 않았다. 혹시나 그 일이 일어난 것은 아닐까 하고 나는 지레짐작했다. 많이 늦어서 전화를 해볼까 생각했지만 어리석은 짓이어서 아내로부터 전화가 오기를 기다렸다. (기다리는 순간의 좌불안석, 조바심, 그리고 이럴 때 일어나는 기대감으로 대단히 가슴이 설레었다.) 열두시가 지나 토시꼬가 혼자 이리로 와서 타고 온 택시를 대기시켜놓은 채 "엄마가 또 쓰러졌어요"라고 한다. 영화를 본 후에(라고 하지만 정말인지 아닌지 믿기 어렵다) 모녀가 키무라를 집까지 바래다주려고 했는데 키무라가 제가 바래다드리죠 하고 세끼덴죠오까지 오는 바람에 결국 셋이서 함께 집에 들어갔다. 토시꼬가 홍차를 끓여 내오는 사이에 아직 사분의 일이 남아 있던 꾸르부아지에가 거실에 있어서 찻숟가락으로 한 잔씩 따르며 권했다. 그것을 계기로 해서 이윽고 두 사람이 셰리 유리잔으로 주고받으면서 결국 술병을 비우게 되었다. 지난밤에도 마침 욕실의 물이 데워져 있어서 일이 전과 같은 순서로 벌어지게 되었다.—이것이 토시꼬의 해명 같지 않은 설명이었다. "너, 두 사람을 놔둔 채 나온 거냐"라고 내가 물어보았다. "네, 전화를 돌려놓지 않아 안채에 전화하러 가는 것이 불편해서요"라고 토시꼬가 말했다. "그리고 어차피 자동차가 필요할 것 같아서 어렵사리 잡아타고 왔어요." 그녀는 특유의 고약하고 심술궂은 눈길로 내 눈을 바라보았다. "저번에는 운 좋게 금방 잡혔는데 오늘은 잡히질 않았어요. 전찻길에 좀 서 있었는데 시간이 늦어서인지 한대도 지나가지 않아 카모가와 택시까지 걸어가서 자고 있는 사람을 흔들어 깨워 타고 왔어요." 내가 묻지도 않았는데 "집에서 나온 지 벌써 이십분도 훨씬 지났는데"라고 혼잣말하듯 덧붙였다. 나는 토시꼬가 무슨 저의에서 그런 말을 하는지 헤아리면서도 일부러 시치미를 떼고 "수고했다. 그럼 집을 좀 부탁하마" 하고 주사기를 준비한 뒤 택시를 타고 갔다. 나는 아직도 그들 세 사람이 어디까지 합의해 꾸민 일인지 알지 못한다. 아마도 토시꼬가 주모자인 것 같다. 그녀는 일부러 두 사람을 놔둔 채 이십분 이상 도중

에서 시간을 보내고(이십분이나 삼십분 정도가 아닐지도 모른다. 한시간도 넘게 어슬렁거리다 온 것이 틀림없다) 온 것이라고 상상할 수도 있다. 나는 세끼덴쪼오에 도착하기까지의 이십분 혹은 한시간이 넘는 동안 그 방에서 무슨 일이 일어날 수 있는지 되도록 생각하지 않으려고 했다. 아내는 지난번 밤과 같이 긴 속옷을 입고 잠들어 있었다. 벽의 행거에는 아내의 옷이 축 늘어져 있었다. 키무라가 뜨거운 물과 세숫대야를 가지고 왔다. 아내는 인사불성이 되어 있었는데 지난번 밤 이상으로 만취한 것처럼 보였다. 그런데 그렇게 보임에도 불구하고 어젯밤에는 특히 명료하게 그녀가 연기를 하고 있다는 것과 실제로는 의식이 있다는 것을 나는 아주 잘 알 수 있었다. 맥박도 잘 뛰고 있었다. 이런 때 정말로 주사를 놓으면

바보라는 생각이 들어서 캠퍼 주사를 놓는 시늉을 하며 비타민 주사를 놓으려 했다. 그런데 키무라가 그것을 알아채고 "선생님, 그것으로 되겠습니까"라고 작은 소리로 물었다. "응, 괜찮네. 오늘밤은 심하지 않은 것 같네"라고 하며 나는 상관하지 않고 비타민 주사를 놓았다. ……

……아내는 자꾸만 "키무라 씨, 키무라 씨" 하며 부르고 있었다. 부르는 어조가 이전과는 달랐다. 그전과 같이 잠꼬대처럼 말하는 것이 아니라 내면에서 호소하는 듯하고 외치는 듯한 목소리로 불렀다. 엑스터시에 이르는 전후로 한층 그 목소리가 격해졌다. 그녀가 갑자기 내 혀끝을 깨무는 것이 느껴졌다. ……이어서 귓불에서

도 그것이 느껴졌다. ……이런 적은 지금까지 없었다. ……하룻밤에 아내를 저토록 대담하고 적극적인 여자로 변화시킨 사람이 키무라라고 생각하니, 나는 격한 질투에 휩싸였지만, 한편으로는 그에게 감사했다. 아니, 토시꼬에게 감사해야 할지도 모른다. 토시꼬는 나를 괴롭히려고 한 일인데 얄궂게도 오히려 이렇게 나를 기쁘게 하는 결과가 초래되었다는 사실을, ……나의 이러한 불가사의한 심리를, 설마 거기까지는 알아차리지 못하겠지만. ……

……아내와 관계를 마치고 난 후 오늘 새벽 매우 심한 현기증을 느꼈다. 그녀의 얼굴, 목덜미와 어깨, 팔의 모든 윤곽이 이중으로 보이고 그녀의 몸 위에 또 한 사람의 그녀가 포개져 있는 것처럼 보였다. 곧바로 잠든 것 같은데 꿈속에서도 아내가 이중으로 보였다. 처음에는 전체가 이중으로 보이다가 나중에는 부분부분 모두 제각각으로 공중에 흩어져 보였다. 눈이 넷, 그 눈과 나란하게 코가 둘, 그리고 약간 떨어져 일이척 높이의 공중에서 입술이 둘, 그렇게 보였다. 게다가 그렇게 보이는 것들은 모두 아주 선명한 색채를 띠고 있었다. ……공간은 하늘색, 머리카락은 까만색, 입술은 진홍색, 코는 순백색, ……그리고 까만색도 빨간색도 하얀색도 실제의 그녀보다 훨씬 화려하여 영화관의 그림간판에 칠해진 페인트처럼 야하고 요란스러워 보였다. 꿈에서 이렇게 색이 선명하게 나타나는 것은 지독한 신경쇠약 증세라고 꿈속에서도 분명 그렇게 생각하면서 나는 가만히 그 꿈을 바라보았다. 오른발 둘, 왼발 둘이 물속에 있는 듯 둥둥 떠 있는데 그 살결의 하얀색은 이루 말로 표현할 수가 없을 정도였다. 그러나 생김새는 분명히 그녀의 발이었다. 발과

나란히 발바닥이 다시 특별히 떠 있었다. 눈앞 가득히 하얗고 커다란 덩어리가 뭉게구름과 같은 형상으로 나타난 것 같은데, 언젠가 사진으로 찍은 바 있는 그 모습 그대로의 형상을 하고 바로 앞에서 이쪽을 향하는 엉덩이가 있었다. ······그리고 몇시간 후였나, 또다른 꿈을 꾸었다. 처음에는 키무라가 나체로 서 있다고 생각했지만, 몸뚱이에서 자라난 목이 키무라가 되기도 했다가 내가 되기도 했고, 키무라의 목과 나의 목이 하나의 몸뚱이에서 자라나며, 다시 그 전체가 이중으로 보였다. ······

3월 26일. ······남편이 없는 곳에서 키무라 씨와 만난 것이 이번으로 세번째가 된다. 지난밤 그 토꼬노마床の間[5]에는 아직 개봉하지 않은 새로운 꾸르부아지에 병이 있었다. "네가 사왔니" 하고 물으니 "난 몰라요"라고 토시꼬가 부인한다. "어제 밖에서 돌아오니 이 병이 있었어요. 키무라 씨가 갖다놓은 것 같아요"라고 토시꼬가 말했으나, "저는 모릅니다"라고 키무라 씨가 말했다. "분명히 선생님이겠지요. 저는 그렇게 생각해요. 의미심장한 장난이군요." "아빠가 그랬다니 참 우습네요."——두 사람은 남편에 대해서 서로 그렇게 말했다. 남편이 몰래 두고 갔다고 생각되지만 어디까지나 짐작일 뿐 나로서는 알 길이 없다. 그리고 토시꼬와 키무라 씨 둘 중 한명이 사다놓았을 가능성도 결코 배제할 수 없다. 수요일과 금요일엔 마담이 오오사까로 프랑스어를 가르치러 가서 열한시가 되어야 돌아온다. 요전날 밤에 브랜디를 마

---

[5] 일본 타따미방의 정면에 바닥을 한층 높여 만들어놓은 공간으로 도자기나 화병을 놓아두는 장소.

시기 시작하자 토시꼬는 그 자리에서 사라져 마담 방에 들어가 있었는데(이 사실을 쓰는 것은 처음이다. 남편에게 오해받을 것이 두려워 주저했지만 이젠 그럴 필요가 없다고 생각한다), 어젯밤에는 꽤 일찍부터 안 보였고, 마담이 귀가한 후로도 한동안 안채에서 이야기에 열중하고 있었다. 나는 의식을 잃고 나면 다음 일은 잘 알지 못한다. 그러나 아무리 취하더라도 절대로 마지막 선은 넘지 않았고 어젯밤에도 굳게 지켰다고 생각한다. 나는 아직까지도 선을 넘을 용기가 없고 키무라 씨도 마찬가지리라 믿는다. 키무라 씨는 이렇게 말했다. "폴라로이드 사진기를 제가 선생님께 빌려드렸습니다. 선생님은 사모님을 취하게 한 뒤 옷을 벗기는 버릇이 있잖습니까. 그런데 선생님은 폴라로이드로 만족하지 않으시고 이콘을 사용해 찍으셨습니다. 사모님의 몸을 자세한 부분까지 확인하고 싶어서 그러셨겠지만, 사진을 찍는 진짜 이유는 그것보다 저를 괴롭히기 위해서라고 생각합니다. 저에게 사진 현상작업을 맡겨 저를 가능한 한 흥분시키고, 유혹을 참을 수 있을 만큼 참게 하면서 거기에서 쾌감을 얻고 계시다고 생각합니다. 이뿐만이 아닙니다. 저의 이런 마음이 사모님께 전달되어 사모님도 저와 마찬가지로 고통스럽다는 것을 아시고 거기에서도 희열을 느끼고 계신 겁니다. 저는 사모님과 저를 이토록 힘들게 하는 선생님이 원망스럽지만, 그럼에도 선생님의 뜻을 거스를 수 없습니다. 사모님이 괴로워하시는 모습을 보면서 저는 사모님과 함께 고통받고 더욱더 깊은 고통 속으로 함께 들어가고 싶었습니다." 나는 키무라 씨에게 이렇게 말했다. "토시꼬는 당신에게 빌린 프랑스어 책 속에 그 사진이 끼워져 있는 것을 발견하고 이것은 우연이 아니라고, 무슨 의미가 있을 거라고 했습니다. 어떤 속셈으로 그렇게 한 것입니까." 키무라 씨가 말했다. "그 사진을 따님이 보게 되면 따님이 뭔가 적극적으로 행동을 취할 것이라고 기대했기 때문입니다. 따님에게 저는 딱히 시사한 것은 없습니다. 저는 따님의 단호하고 냉정한 성격을 알고 있어서, 그렇게 하면 18일 저녁과 같은 일이 있을 거라고 기대했을 뿐입니다. 23일 저녁도, 오늘밤도 언제나 따님의 주도로 이렇게 자리를 만들었고 저는 묵묵히 시키는 대로 따라하기만 했습니다." 내가 말했다. "나는 당신과 둘이서 이런 이야기를 하는 것이 지금 처음입니다. 아니, 그 누구와도, 남편과도 이런 이야기를 한 적이 전혀 없습니다. 당신과 나의 관계에 대해서 남편은 물으려고도 하지 않습니다. 묻는 것이 두렵기도 하겠지만, 아직까지 나의 정조를 믿고 싶기 때문이겠지요. 나도 나의 정조를 믿고 싶은데, 믿어도 되겠지요. 이 질문에 대답할 수 있는 사람은 키무라 씨뿐입니다." "믿어주세요"라고 키무라 씨가 말했다. "저는 사모님의 몸을 모두 만져보았지만, 단지 한 곳 대단히 소중한 부분만은 제외하고서입니다. 선생님은 아슬아슬할 만큼 저를 사모님과 접촉하도록 시켰습니다. 저는 선생님의 그러한 의중을 알고 있었기 때문에 그 뜻을 거스르지 않는 범위에서 사모님께 다가갔습니다." "아, 그러면 안심했습니다"라고 나는 말했다. "그렇게까지 하면서 나의 정절을 지켜줘 감사하게 생각합니다. 키무라 씨는 내가 남편을 미워하고 있다고 했지만 미워하는 한편으로 사랑하는 마음이 있는 것도 사실입니다. 미워하면 할수록 애정도 깊어집니다. 그이는 당신이라는 존재를 중간에 끼워넣고 그런 식으로 당신을 괴롭히지 않으면 정욕이 타오르지 않아요. 그것도 결국은 나에게 환희를 주기 위해서라고 생각하면 나는 더더욱 그이를 배신할 수가 없습니다. 그런데 키무라 씨는 이렇게 생각하는 것이 불가능할까요. 나의 남편과 키무라 씨는 일신동체一身同體로서, 그이 안에 당신이 있고, 두 사람은 둘이면서 하나다라고."
……

3월 28일. ……대학병원 안과에서 안저眼底 검사를 받았다. 내키지는 않았지만 소오마 박사가 간절히 권해 마지못해 간 것이다. 현기증은 뇌동맥 경화의 결과라고 한다. 그 때문에 뇌가 충혈되어 현기증과 복시複視 현상이 일어나고 의식이 흐려지는 것이라고 한다. 심하면 혼절하는 경우도 있다고 한다. 밤중에 소변을 보려고 일어날 때, 격렬한 동작을 했을 때, 몸의 방향을 갑자기 바꿀 때 특히 현기증을 느끼지 않느냐는 말에 그렇다고 대답했다. 평형감각을 잃어서 몸이 넘어질 것 같고, 땅속으로 꺼질 것처럼 느껴지는 것은 내이內耳 혈관의 혈액순환이 나빠서라고 한다. 내과에 가서 소오마 박사한테서도 진찰을 받았다. 지금까지 혈압을 측정해본 적이 없는데 오늘 처음으로 측정해보았고, 심전도 검사와 신장 검사도 했다. 혈압이 이렇게 높을 줄 몰랐는데, 상당한 주의가 필요하다고 소오마 박사가 말했다. 어느 정도냐고 물어도 제대로 대답을 해주지 않았다. 어쨌든 위로 200 이상, 아래로 150~160이다. 위쪽 수치와 아래쪽 수치의 차이가 작긴 하지만 아주 좋지 않은 경향을 보이네, 자네는 함부로 호르몬제를 먹고 주사를 맞는데 이제는 정력제보다는 혈압강하제를 먹어야 하네, 그리고 실례지만 부부관계는 삼가게, 알코올도 마시지 말고, 자극적인 음식이나 짠 음식도 먹지 말게, 그렇게 말하며 소오마 씨는 루틴C와 쎄르파실, 칼리클레인 등이 계통의 약을 계속해서 복용하라고 했고 항상 신경을 써서 혈압을 측정하라고 주의를 주었다.

  나는 병원에 갔던 일을 숨기지 않고 일기에 적어 아내의 반응이 어떤지 보기로 했다. 지금 당장 나는 의사의 충고에 귀 기울지 않을 것이다. 아내가 뭔가를 내비치기 전까지 사건은 지금처럼 진행될 것이다. 예상컨대 아내는 이 내용을 읽더라도 안 읽은 척하면서 점점 더 음탕해질 것이다. 그것은 그녀의 육체가 지닌 어쩔 수 없는 숙명이다. 마찬가지로 나도 이제는 되돌릴 수가 없다. 지난번 밤 이후로 그런 일을 치를 경우 아내의 태도가 별안간 적극적으로 되고 여러가지 기술을 사용하여 즐기는 모습도 내가 더욱 아내의 육체를 탐닉하게 된 원동력이 되었다.—그러나 그녀는 여전히 한마디도 하지 않는다. 말없이 행동으로써 갖은 애정 표현을 한다. 항상 반은 깨어 있고 반은 잠들어 있는 상태여서 전등을 어둡게 할 필요는 없다. 취한 듯 깨어 있는 듯 교태와 부끄러움을 머금은 모습은 뭐라고 말로는 표현할 길이 없다.—나는 처음에는 상당한 간격을 두고 키무라를 아내와 접촉하게 했다. 그런데 차츰 두 사람에게서 받는 자극에 익숙해지면서 만족을 얻지 못하게 되자 키무라와 아내의 관계를 더욱 밀접하도록 만들었다. 가까워지면 가까워질수록 나의 질투는 증가했고 질투가 증가할수록 쾌감을 느껴 마지막 목표까지 다다를 수 있었다. 아내도 그것을 바라고 있고 나 자신도 그것을 희망해서 멈출 수가 없다. 정월 이후로 삼개월이 지났으나 병적일 정도로 아내와 경쟁하며 혹은 아내에게 대항하며 지금까지 지내온 나 자신에게 감탄할 따름이다. 내가 아내를 얼마나 사랑하는지 이쯤에서 그녀도 알았으리라고 생각한다. 그렇다면 앞으로는 어떻게 되는가. 어떻게 하면 지금보다 더 정욕에 사로잡힐 수가 있는가. 지금 같으면 머지않은 시간에 금방 자극에 익숙해지리란 것은 불 보듯 뻔한 일이다. 두 사람이 이미 간통했다고 해도 어색하지 않을 정도로 나는 두 사람을 몰아붙였다. 하지만 나는 지금도 아내를 믿어 의심치 않는다. 그녀의 정조가 다치는 일 없이 그들을 더욱 밀접히 접촉하게 하려면 어떤 방법이 남아 있을까. 나도 생각하겠지만, 그들이 먼저 방법을 생각해내지 않을 수 없을 것이다. 그들 중에는 토시꼬도 포함된다. ……

나는 아내를 음험한 여자라고 했지만, 그러는 나도 그녀에게 뒤지지 않을 만큼 음험한 남자이다. 교활하고 음험한 남자와 여자 사이에 태어났으니 토시꼬가 음험한 딸이라는 사실도 이상할 건 없다. 그렇지만 그 이상으로 음험한 존재가 키무라이다. 음험하기 짝이 없는 네 사람이 한곳에 모여 있다니 기가 막힌다. 그리고 세상에서 보기 드문 희한한 운명이라고 할 만한 것은 음험한 네 사람이 서로를 속여가면서도 힘을 합쳐 하나의 목적을 향해 나아가고 있다는 사실이다. 그러니까 각자 서로 다른 생각이 있겠지만, 아내를 가능한 한 타락하도록 만들기 위해 필사적이라는 점에서는 네 사람이 일치하고 있다. ……

3월 30일. ……오후에 토시꼬가 데리러 왔다. 란잔嵐山 전차의 오오미야大宮 종점에서 키무라 씨와 만나 셋이서 란잔에 갔다. 토시꼬의 제

안이었는데 참으로 좋은 생각이었다. 학교가 방학 중이어서 키무라 씨는 한가한 상태였다. 강가를 산책하고 나서 보트를 타고 란꾜오깐 嵐峽館 근처까지 갔다. 토게쓰꾜오渡月橋 주변에서 휴식을 취하고 나서 텐류우지天龍寺 정원을 구경했다. 오랜만에 건강한 바깥공기를 호흡했다. 앞으로 가끔 이렇게 놀러 다니고 싶다. 남편은 젊었을 때부터 독서에만 몰두해서 이런 곳에 함께 온 적이 거의 없다. 저녁에 셋이 햐꾸만벤에서 전차를 내려 뿔뿔이 각자의 집으로 돌아갔다. 오늘 하루는 너무나 상쾌하게 지내서인지 밤에 브랜디가 내키지 않았다.

3월 31일. ……어젯밤 우리 부부는 술을 마시지 않고 잠자리에 들었다. 밤중에 나는 밝은 형광등 불빛 아래서 왼쪽 발가락 끝을 일부러 이

불 밖으로 조금 내밀어 보였다. 남편은 바로 눈치를 채고 내가 누워 있는 침대로 들어왔다. 알코올의 힘을 빌리지 않고 눈부신 불빛을 받으며 관계에 성공한 것은 드문 일이었다. 이 기적 같은 사건에 남편은 명백히 다른 때와 달리 흥분하는 기색을 보였다. ……

……세끼덴쪼오의 마담이나 나의 남편은 지금 방학 중이어서 아침부터 대체로 집에 있다. 하지만 남편은 매일같이 반드시 한두시간은 외출해 주변을 돌아다니고 온다. 남편의 외출은 산책이 목적이기도 하지만 나에게 그의 일기를 훔쳐볼 여유를 주기 위해서이기도 하다고 생각한다. 남편이 "잠시 나갔다 올게" 하고 나갈 때마다, "이 틈에 나의 일기를 읽어둬"라고 말하는 것처럼 나는 느낀다. 남편이 그럴수록 나는 더 읽지 않는다. 하지만 나도 남편에게 나의 일기를 훔쳐볼

기회를 만들어줘야겠다. ……

3월 31일. ……아내는 어젯밤에 나를 예상외로 몹시 기쁘게 했다. 그녀는 취한 척도 하지 않았다. 빛을 가릴 것도 요구하지 않았다. 그리고 아내 자신이 여러가지 방법으로 나를 도발하고 성감대를 드러내면서 행동을 재촉했다. 그녀가 이렇게 다양한 기교를 터득하고 있다니 의외였다. …… 갑작스러운 이러한 변화가 무엇을 의미하는지는 머지않아 알게 될 것이다. ……

너무나 어지러워서 코다마 씨를 찾아가서 혈압을 재보았다. 코다마 씨가 매우 놀란다. 혈압계가 깨질 만큼 혈압이 높다고 한다. 빨리 모든 일을 그만두고 절대 안정을 취할 필요가 있다고 한다. ……

4월 1일. ……토시꼬가 양장 만드는 일을 하는 카와이 여사를 데리고 왔다. 여사는 양재洋裁를 가르치면서 부인복의 주문에도 응하고 있

다. 세금을 물지 않아서 싯가보다 20~30퍼센트 싸게 살 수 있다. 토시꼬는 언제나 여사에게 옷을 부탁했다. 나는 여학생 시절에 교복을 입은 적이 있지만 그외에는 양장을 입어본 적이 없다. 나는 취미가 고풍스럽기도 했지만 몸에 일본옷이 어울리기도 해서 이제까지 양장을 입을 일이 없었는데, 토시꼬가 자꾸 입으라고 권해 시험 삼아 한벌 맞추기로 했다. 어차피 남편이 알게 되겠지만, 쑥스러워서 남편이 외출한 틈을 이용해 오늘 오후에 오라고 했다. 옷감과 모양은 토시꼬와 여사에게 봐달라고 했다. 다리가 약간 휘었기 때문에 가능하면 치마를 무릎 아래 2인치 정도까지 길게 해줄 것도 부탁했다. "다리가 휘었다고 말할 정도는 아니에요. 서양인들도 이런 다리는 많아요"라고 여사가 말했다. 옷감 견본을 여러가지 보여주었다. 트위드의 쥐색과 검붉은 색 글렌체크의 앙상블 ——『모드 에 트라보』*Modes et Travaux*[6]에 나온 모양을 보여주며 "이걸로 하세요"라고 두 사람이 권하기에 그렇게 하기로

---

[6] 1919년 11월에 창간된 프랑스의 월간 여성지.

했다. 가격은 1만 엔 이하였지만, 구두도 필요하고 액세서리도 얼마 정도는 준비해야 한다. ······

4월 2일. 오후에 외출. 저녁때 귀가.

4월 3일. 아침 열시에 외출. 카와라마찌河原町 TH제화점에서 구두를 사다. 저녁때 귀가.

4월 4일. 오후에 외출. 저녁때 귀가.

4월 5일. 오후에 외출. 저녁때 귀가.

4월 5일. ······아내의 모습이 나날이 변하고 있다. 요즘에는 날마다 오후가 되면(아침부터 그럴 때도 있다) 혼자 나가서 네다섯시간을 보내고 식사하기 직전에야 들어온다. 저녁식사는 나와 둘이서 한다. 브랜디는 마시지 않는다. 대개 맨정신이다. 키무라가 요새 한가하니 그것과 관련이 있다고 여겨진다. 어딜 가는지 모르겠다. 오늘 오후 두시 넘어 토시꼬가 찾아와서는 "엄마는요?" 하고 물었다. "이 시간이면 늘 집에 없다. 네 집에 안 갔니?" 하니까 "엄마도 키무라 씨도 전혀 안 보이네. 어딜 간 거지" 하며 고개를 갸웃거렸다. 사실 토시꼬도 한통속이라는 것은 어렵지 않게 추측할 수 있다.

4월 6일. ······오후에 외출. 저녁때 귀가. ······요즘 나는 연일 외출한다. 내가 나갈 때 남편은 대개 집에 있다. 언제나 서재에 들어가서 책상 앞에 앉아 있는 것 같지만—책상 위에 뭔가 책이 펼쳐져 있고 그것을 보는 자세를 취하고는 있지만—사실은 아무것도 읽고 있지 않을 것이다. 아마도 남편의 머릿속에는 내가 외출해서 돌아오기까지 몇시간 동안 무엇을 하며 돌아다니는지 알고 싶은 호기심으로 가득해 다른 일을 생각할 여유조차 없을 것이다. 외출하는 동안 남편은 거실로 내려와서 머릿장 서랍에서 내 일기장을 꺼내 훔쳐볼 것이 분명하다. 그러나 공교롭게도 남편은 내가 일기장에 어디에 가서 무엇을 하는지 아무것도 적지 않았음을 알게 될 것이다. 나는 일부러 며칠간의 행적을 애매하게 "오후에 외출. 저녁때 귀가"라고 적었다. 나는 외출할 때 이층 서재에 올라가서 문을 조금 열고 "잠깐 나갔다 올게요"라고 인사한 뒤 살금살금 도망치듯 계단을 내려온다. 아니면 계단의 중간에서 말을 하고 그대로 나간다. 남편도 절대 내가 있는 쪽으로 고개를 돌리지 않는다. "응" 하고 고개를 겨우 끄덕일 때도 있고 대답이 들리지 않을 때도 있다. 그러나 나는 남편에게 나의 일기장을 훔쳐볼 시간을 주기 위해 외출하는 것은 물론 아니다. 나는 어느 회합장소에서 키무라 씨와 만나고 있는 것이다. 이런 식으로 키무라 씨와 만나는 데에는 이유가 있다. 나는 대낮의 밝은 태양빛 아래서, 그리고 조금도 브랜디의 힘을 빌리지 않고 키무라 씨의 나체를 만져보고 싶었기 때문이다. 나는 세끼덴쪼오의 집에서 남편과 토시꼬 없이 키무라 씨를 만난 적이 있지만, 언제나 가장 중요한 순간 서로가 살을 맞대고 안으려는 찰나에 허무하게도 만취해버리곤 했다. 예전 1월 30일 일기에 썼듯이 "내가 환각상태에서 본 사람은 과연 실체의 키무라 씨였을까"라는 의문과 3월 19일에 "키무라 씨인가 하고 보면 남편이고, 남편이라고 생각하면 키무라 씨로 바뀌는 그 알몸을 ……남편의 방해를 받지 않고 내 눈으로 한번 확인해보고 싶다는" 호기심이 아직도 채워지지 않은 채 가슴에 쌓여 있다. 나는 어떤 일이 있더라도 남편을 중간에 두지 않고, 그야말로 확실히 살아 있는, 키무라 씨임에 틀림없는 사람을, 또렷한 의식으로, 푸르스름한 형광등 아래서가 아닌, 대낮의 밝은 태양빛 아래서 차분하게 보고 싶었다. ……

……기쁘기도 하면서 매우 기이했던 일인데, 실제로 확인한 키무라 씨는 올해 1월 이후 몇번이나 환각에서 만난 적이 있는 바로 그 모습이었다. 언젠가 나는 꿈속에서 "키무라 씨의 젊디젊은 팔뚝을 잡았고, 그 탄력있는 가슴팍에 내리눌렀다"라고 적었고 "무엇보다도 키무라 씨의 피부는 매우 하얘서 일본 사람의 피부가 아닌 것처럼 느껴졌다"라고도 적었지만 이번에 처음 현실에서 본 키무라 씨는 역시 꿈에서 본 그대로였다. 나는 이번에야말로 의심할 나위 없는 이 손으로 젊디젊은 팔뚝을 힘껏 부여잡고 그 탄력있는 키무라 씨의 가슴팍에 나의 가슴을 강하게 밀착시키며, 그 일본 사람 같지 않은 하얀 피부에 나의 피부를 갖다댔다. 그런데 그렇다고는 하지만 예전에 내가 경험한 환각이 실제와 이토록 같을 수 있다니 얼마나 신기한 일인가. 내가 꿈에서 본 키무라 씨의 환영이 실물과 꼭 들어맞는 이 경우는 단순히 우연한 일이라고 할 수만은 없었다. 뭔가 전생에서부터 맺은 약속이거나 태어나기 전부터 나의 뇌리에 그 사람이 자리잡고 있었기 때문은 아닐까, 혹은 키무라 씨가 뭔가 특별한 신통력이 있어서 자신의 모습을 마음대로 나의 꿈에 등장시킬 수 있었던 것은 아닐까 하는 그런 생

각이 들었다. ……키무라 씨의 모습이 이제는 확실하게 현실적인 존재로 느껴져서 남편과 키무라 씨는 전혀 별개의 존재가 되었다. "남편과 키무라 씨는 일신동체一身同體로서, 그이 안에 당신이 있고, 두 사람은 둘이면서 하나다"라는 말을 나는 확실히 여기에서 지운다. 나의 남편이라는 사람은 훤칠하고 말라서 외모로 볼 때는 키무라 씨와 다소 비슷하지만, 그외에는 닮은 점이 전혀 없다. 키무라 씨는 아주 말랐지만 벗은 몸을 보면 가슴팍이 생각했던 것보다 근육질이고 몸 전체에 발랄한 건강미가 넘쳐난다. 하지만 남편은 골격이 연약하고 혈색이 나쁘며 피부에 탄력이 전혀 없다. 새하얀 살갗 아래 붉은 기가 감도는 키무라 씨의 피부는 반들거리고 촉촉하며 매끄럽지만, 검푸른 남편의 피부는 차가우면서 매우 건조하다. 알루미늄같이 반들거리는 것이 불쾌하기조차 하다. 나는 남편을 혐오하는 마음과 사랑하는 마음을 반반씩 가지고 있었지만, 요사이에는 점점 더 혐오하는 쪽으로 기울고 있다. ……아아, 나는 나와 성격이 전혀 맞지 않는, 어쩌면 이렇게 싫은 사람을 남편으로 두었단 말인가. ……만일 이 사람이 아니라 키무라 씨가 남편이었더라면 하고, 하루에도 몇번씩 한숨을 쉰다. ……

……여기까지 왔지만 마지막 선을 넘지는 않았다,라고 말한다면 남편은 과연 믿을까. 그러나 믿든 믿지 않든 그것은 사실이다. '마지막 선'은 매우 좁은 의미로 정말 마지막을 의미하는 하나의 선이고, 그것을 넘지만 않는다면 해서는 안될 것도 없다고 말해도 될지 모르겠다. 왜냐하면 나는 봉건적인 부모님에게 교육받아서 인습적인 형식주의가 언제나 머릿속에 박혀 있고, 그래서 정신적으로야 어찌 되든 남편이 항상 입버릇처럼 말하는 오서독스한 방법으로 성교만 하지 않는다면 정조를 더럽힌 것은 아니라는 생각이 나의 어딘가에 잠재되어 있기 때문이다. 그래서 나는 정조라는 형식만은 지키면서 그밖의 다른 방법으로 온갖 것을 다 해보고 있다. 구체적으로 어떤 것이냐고 물으면 답변하기 곤란하지만. ……

4월 8일. ……오후에 산책을 나가서 시조오도오리四条通り의 남쪽을 카와라마찌 방면에서 서쪽으로 걷고 있는데 후지이다이마루藤井大丸 앞을 얼마쯤 지났을 때 아내와 우연히 마주쳤다. 아내는 어떤 상점에서 물건을 사고 길가로 나오는 참이었는데 대여섯 걸음 앞에서 나에게 등을 보이며 역시 서쪽으로 걸어갔다. 시계를 보니 네시 반이었다. 이 시각이면 집으로 가는 길일 텐데 서쪽을 향

해 가는 이유는 아마도 나보다 먼저 나를 발견하고 피하려는 것임에 틀림없었다. 내가 평소 산책하는 길은 대체로 히가시야마東山 방면이다. 시조오 쪽으로는 좀처럼 오지 않아서 이런 곳에서 나를 본 아내는 예상치 못한 만남에 놀랐을 것이다. 발걸음을 재촉해서 간격을 좁혀 바로 뒤까지 따라갔다. 내가 부르지 않으면 그녀도 뒤돌아보지는 않을 것이다. 그래서 그 간격을 유지하면서 두 사람은 계속 걸었다. 무엇을 샀을까. 그녀가 들어갔다 나온 상점 앞을 지나면서 안을 들여다보았다. 부인복 액세서리를 파는 가게여서 레이스와 나일론 장갑, 각종 귀걸이, 펜던트 등이 쇼윈도우에 걸려 있었다. 양장을 입지 않는 아내가 이런 가게에 볼 일이 없을 텐데 하고 생각한 그때 깜짝 놀라서 눈을 크게 떴다. 정신을 차리고 바라보니 나의 바로 앞에서 걸어가는 그녀의 양 귓불에 진주 귀걸이가 걸려 있었던 것이다. 언제부터 그녀는 일본옷에 그런 것을 착용하는 취미를 갖게 되었을까. 지금 막 귀걸이를 사서 바로 귀에 걸고 나온 것일까, 아니면 내가 안 볼 때 자주 액세서리를 하고 있었던 것일까. 그러고 보니 그녀는 얼추 지난달 무렵부터 허리까지 오는 길이가 짧은 겉옷을 자주 걸쳤다. 오늘도 그 옷을 입고 걷고 있었다. 원래 고풍스러운 차림새를 좋아해서 최근의 유행을 따라하기 싫어하는데, 이런 차림을 보니 잘 어울렸다. 특히 의외인 것은 귀걸이가 잘 어울린다는 사실이었다. 나는 문득 아꾸따가와 류우노스께芥川龍之介가 쓴 작품 중에서 중국 부인은 귓바퀴 안쪽이 이상하리만큼 색깔이 희고 아름답다란 구절을 읽은 적이 있음을 생각해냈다. 아내의 귓바퀴도 안쪽을 보면 투명할 정도로 희고 아름답다. 그래서 귓가의 공기마저도 청결하고 투명하게 보인다. 그런데 진주알과 귓불이 서로 조화를 이루긴 했지만, 자신의 귀에 진주 귀걸이를 걸 생각이 그녀 자신의 지혜에서 나오진 않았을 것이다. 이런 생각을 하고 있자니 나는 이번에도 질투와 고마움이라는 상반된 기분을 맛보게 되었다. 아내에게 이국적인 아름다움이 풍겨난다는 사실을 그녀의 남편 되는 사람이 발견하지 못하고 다른 사람에 의해 발견되었다는 사실은 안타깝지만, 남편이란 존재는 늘 보아온 아내의 늘 보아온 모습만을 보고 싶어하므로 오히려 남보다 둔감할지도 모른다. ……아내는 카라스마烏丸 길을 지나서 계속 앞을 향해 걸어갔다. 왼손에는 핸드백과 함께 좀전에 들렀던 상점의 포장지로 싼 가늘고 길며 넓적한 물건을 들고 있었는데 그 안에 무엇이 들어 있는지 알 수 없었다. 니시노또오인西洞院을 지날 때 나는 그녀를 미행하는 것이 아니라는 사실을 알리기 위해 전찻길 북쪽으로 건너가서 일부러 그녀가 볼 수 있도록 그녀를 앞질러갔다. 그리고 시조오호리까와四条堀川에서 동쪽으로 가는 전차를 탔다. ……내가 집에 돌아온 지 한시간쯤 후에 아내도 왔다. 아내의 귀에는 진주 귀걸이가 걸려 있지 않았다. 아마 핸드백에 넣었을 것이다. 좀전에 산 물건 꾸러미를 갖고 있었지만 내가 보는 앞에서는 풀지 않았다. ……

4월 10일. ……남편은 그의 일기에 그 자신의 우려스러운 건강상태에 대해 뭐라고 적어놓았을까. 남편은 자신의 머리와 몸을 얼마만큼 생각하고 있을까. 그의 일기를 읽지 않는 나로서는 상상할 수도 없지만, 실은 한두달 전부터 그의 상태가 이상해졌다는 사실을 나 역시 느끼고 있었다. 그는 원래 얼굴의 혈색이 좋지 않았는데, 특히 요즘 들어서는 윤기가 없이 시커멓게 변했다. 계단을 오르내릴 때에도 자주 비틀거렸다. 원래 기억력이 좋은 사람이었지만 최근에는 현저하게 건망증이 심해졌다. 사람들과 전화하는 것을 들어보면 당연히 기억해야 할 이름이 떠오르지 않아 우물쭈물하곤 했다. 집에서 걸어다닐 때에도 갑자기 걸음을 멈춘 채 눈을 감거나 기둥을 잡곤 했다. 좀 정중한 편지는 두루마리에 붓으로 쓰는데 그 글씨체가 아주 삐뚤삐뚤했다. (서예란 나이를 먹을수록 숙달되기 마련이다.) 오자와 탈자, 누락된 글자가 눈에 띌 정도로 많아졌다. 내가 본 것은 봉투의 글자뿐인데 날짜나 번지를 항상 틀리게 적었다. 그 틀린 글자는 불가사의하게

도 삼월이라고 써야 할 것을 시월이라고 쓰거나 자택 주소와 번지를 말도 안되게 엉터리로 적어놓은 것이었다. 아저씨에게 보내는 봉투에 '之介(노스께)'를 'の助(노스께)'로 적은 것을 보고 적잖이 놀랐다. '사월'이라고 써야 할 데를 '유월'이라고 썼다가 '육'을 지우고 깨끗한 글씨로 '팔'자로 고친 경우도 있었다. 날짜나 번지 등의 경우 보기에 매우 곤란한 것은 내가 살짝 정정하지만 'の助'로 적은 것은 고치기가 곤란해서 '之介'를 잘못 썼다고 아무렇지 않은 듯 주의를 주었다. 남편은 아주 당황해하면서 "그렇네" 하며 억지로 태연한 척했지만 바로 고치지 않고 책상 위에 올려놓았다. 그러나 봉투는 내가 신경을 써서 보고 있으니 괜찮지만, 본문에 얼마나 많은 실수가 있는지는 모를 일이다. 남편의 머리가 이상하다는 사실은 이미 친구나 지인들 사이에 상당히 알려져 있을지도 모른다. 달리 상담할 상대도 없어서 얼마 전에 코다마 선생님께 넌지시 남편의 진찰을 부탁했더니 "부인께 드릴 말씀이 있습니다"라고 한다. 코다마 선생님의 이야기로는, 남편 스스로도 불안해서 소오마 박사를 찾아가서 진찰을 받았는데 박사가 매우 상태가 심각하다고 해 소오마 박사를 멀리하고 자기에게 상담하러 온다는 것이다. 코다마 씨는 남편의 증상에 대해 그쪽으로 전문의가 아니어서 정확한 것은 알 수 없지만, "혈압이 높아서 놀랐습니다"라고 한다. "어느 정도입니까" 하고 물으니 "부인께 말씀드려서 좋을지 어떨지 모르겠습니다만" 하고 주저하더니 "남편분의 혈압은 혈압계의 최고치까지 올라가고도 멈추지 않았습니다. 기계가 고장날 것 같아서 서둘러 그만두었지만 그런 상태라면 얼마나 버틸지 잘 모르겠습니다"라고 한다. "남편은 알고 있습니까"라고 하니 "소오마 박사로부터 몇차례 경

고를 받았는데도 주의사항을 지키지 않으셔서 현재 매우 우려스러운 상태라는 것을 숨김없이 말씀드렸습니다"라고 한다. (코다마 선생한테 이러한 주의를 받은 이상 남편이 이 일기를 읽어도 괜찮다고 생각해서 처음으로 여기에 적는다.) 남편이 이렇게 심각한 상태가 된 것은 대부분 내 책임이다. 만족을 모르는 나의 요구가 없었더라면 남편이 저렇게까지 음탕한 생활에 빠지지 않았을 테니까 말이다. (코다마 선생과 이야기할 때 나는 부끄러워서 얼굴이 새빨개졌는데 다행히도 코다마 씨는 우리 부부의 관계의 실상을 모른다. 아내는 철두철미 수동적인 편이고 적극적인 쪽은 언제나 남편인데, 전적으로 남편이 자신의 건강을 돌보지 않아서 이런 결과가 초래되었다고 코다마 선생은 생각하는 것 같다.) 남편 입장에서 보면 아내를 기쁘게 할 목적에서 이렇게 되었다고 할 수도 있을 것이다. 그것을 부인할 생각은 없지만, 나는 나대로 어디까지나 충실한 아내로서 남편을 섬겨왔으며, 남편을 기쁘게 하기 위해서는 상당히 참기 어려운 일도 참아왔다. 토시꼬가 "엄마는 정숙한 여성의 귀감"이라고 했는데 받아들이기에 따라서는 그렇게 말할 수도 있다. ……그렇지만 어느 쪽이 좋고 나쁘고를 운운하며 이제 와서 책임을 서로 떠넘기는 게 무슨 의미가 있을까. 그러니까 남편이나 나는 서로가 서로를 충동질하고 부추기고 팽팽히 맞서면서, 어쩔 수 없는 힘에 이끌려 꿈꾸듯 여기까지 와버린 것이다. ……

나는 이런 것을 일기에 적어도 될지, 남편이 내 일기를 읽는다면 어떤 결과가 초래될지 알 수 없지만, 몸 상태가 안 좋은 것은 남편만이 아니라 실은 나도 마찬가지여서 올해 1월 말부터 몸에 이상을 느꼈음을 적어둔다. 실은 더 오래전인 토시꼬가 열살 무렵에 두어번 정도 객

혈을 한 경험이 있고 폐결핵 2기에 해당된다며 의사가 주의를 준 일도 있지만 걱정할 것 없이 자연스럽게 치료되었다. 그래서 지금은 그다지 신경쓰지 않는다.──그래, 그 당시 나도 의사의 충고를 무시하고 건강을 전혀 돌보지 않았다. 나는 죽음을 두려워하지 않은 것은 아니었지만, 나의 음탕한 피는 그런 것을 고려할 틈을 주지 않았다. 나는 죽음의 공포에 눈감고 오로지 성충동이 일어나는 대로 몸을 내맡겼다. 남편도 나의 대담함과 무모함에 기가 질려 이제 곧 어떻게 될까 걱정하면서도 결국은 내가 원하는 대로 이끌려왔다. 운이 나빴다면 그때 나는 죽었을지도 모르지만, 어찌 된 일인지 그렇게 몸을 사리지 않고 지냈으면서도 병이 나았다.──이번에 나는 1월 말부터 몸에 이상을 느꼈다. 때때로 가슴이 가렵고 미지근한 것처럼 느껴져서 이상하다고 생각했는데 2월 어느날, 예전과 똑같이 거품이 섞인 선홍색 피가 가래와 함께 나왔다. 많이 나오진 않았지만 두어번 계속되었다. 지금은 일시적으로 괜찮아진 것 같지만 언제 다시 그런 증상이 나타날지 모른다. 몸이 나른하고 손바닥과 얼굴이 화끈거리는 걸 보면 틀림없이 열이 높을 텐데 얼마나 높은지 재고 싶지 않다. (한번 재보니 37.6도였고 그후로는 잘 알지 못한다.) 의사에게 진찰받으러 가지도 않으려고 한다. 식은땀이 계속 흐른다. 예전의 경험으로 보아 이번에도 커다란 병은 아닐 거라고 생각하지만, 가벼이 보거나 안심하진 않는다. 나는 다행히도 위가 건강하다는 말을 요전에 의사에게 들었다. 내가 앓는 병은 보통의 경우 살이 빠지지만, "사모님은 식욕이 떨어지지 않아서 신기합니다"라고 의사들은 항상 말하곤 했다. 그렇지만 예전과는 다른 것이, 우선 가슴이 가끔 쑤시는 것이 꺼림칙하고 날마다 오후가 되면 피로가 엄습해온다는 사실이다. (이런 피로감을 이겨내려고 나는 더욱 키무라 씨와 접촉한다. 오후에 찾아오는 권태감을 잊기 위해서라도 반드시 키무라 씨가 필요하다.) 전에는 이렇게 가슴이 아프지 않았다. 또 이렇게 피곤하지도 않았다. 어쩌면 이번에는 서서히 상태가 나빠져서 낫기 어려울지도 모른다. 아무래도 가슴의 통증이 예사롭지 않다. 게다가 몸을 돌보지 않는 정도도 이전과는 다르다. 이 병에는 과도한 음주가 가장 나쁘다고 하는데 1월 이후 계속 마신 브랜디의 양을 생각해보면 병세가 악화되지 않은 것이 기적이다. 이제 생각해보니 그동안 정신을 잃을 만큼 술에 취한 것은 결국 살날이 얼마 남지 않았다는 자포자기의 마음이 잠재적으로 작용했었는지도 모른다. ……

 4월 13일. ······아내의 외출시간이 어제부터 바뀌지 않을까 예상했는데 과연 그랬다. 다름이 아니라 키무라가 근무하는 학교가 개학해 낮 동안의 밀회가 불가능해졌기 때문이다. 그동안 오후 일찍부터 외출하던 것이 어제오늘 잠잠해졌다고 생각하던 차에 어제 오후 다섯시경에 토시꼬가 찾아왔다. 그러자 서로 이야기가 된 것처럼 아내가 일어나서 나갈 채비를 하는 것을 이층에서도 쉽게 알 수 있었다. 아내는 이층으로 올라와 서재의 문밖에서 "나갔다 올게요. 곧 돌아올 거예요"라고 했다. 늘 하던 대로 나는 "응" 하고 대답했다. "토시꼬가 와 있으니 저녁식사는 토시꼬와 함께 드셔도 좋을 거예요"라고 계단 중간에 서서 아내가 말했다. "당신 어떻게 해?"

라고 나는 심술궂게 물었다. "저는 돌아와서 식사할래요. 기다리신다면 함께 식사하겠지만요"라고 했지만 "먼저 먹을 거야. 당신도 먹고 와. 천천히 와도 돼" 하고 나는 대답했다. 나는 문득 그녀가 어떤 옷차림을 하고 있는지 보고 싶어서 느닷없이 복도로 나가 계단을 내려다보았다. 그녀는 이미 계단을 다 내려갔지만 집에서부터 이미 진주 귀걸이를 하고 있었다. (내가 복도로 나갈 것이라고는 생각하지 못했을 것이다.) 그리고 왼손에 하얀 레이스 장갑을 꼈고, 오른손에 다른 한쪽을 마저 끼려 하고 있었다. 며칠 전에 그녀가 들고 있던 물건 꾸러미 안에 이것이 들어 있었구나 하고 난 생각했다. 나에게 뜻밖의 모습을 보인 그녀는 겸연쩍어했다. "엄마, 잘 어울려요"라고 토시꼬가 말했다. ……여섯시 반이 지나 할멈이 와서 식사 준비가 되었다고 알려주어 거실로 내려가니 토시꼬가 기다리고 있었다. "아직 안 갔네, 밥은 혼자서 먹어도 되는데"라고 하니까, "가끔은 아빠의 말상대를 해드려야 한다고 엄마가 얘기했어요"라고 한다. 뭔가 하고 싶은 말이 있을 거라고 생각했다. 토시꼬와 둘이서 식사하는 경우는 드물었다. 그러고 보니 저녁식사 때 아내가 없는 것도 드문 일이다. 아내는 요사이 외출이 잦았지만 언제나 저녁식사 때에는 집에 있었다. 집을 비우는 때는 대개 저녁식사를 하기 전이나 한 후였다. 그래서인지 나는 왠지 공허했고 쓸쓸하기까지 했다. 이런 기분이 드는 경우는 좀처럼 없는 일이다. 토시꼬가 곁에 있는 것이 오히려 공허감을 느끼게 해 실은 달갑지 않았지만, 토시꼬는 벌써 이런 마음까지 다 계산했는지도 모른다. "아빠, 엄마가 어디에 갔는지 아세요?"라고 밥상 앞에 앉자 토시꼬가 말을 꺼냈다. "그런 건 몰라. 거기까지 알고 싶지 않다"라고 했더니 "오오사까에 갔어요"라고 단도직입적으로 말하고서 나의 반응을 기다린다. "오오사까?" 나는 무심코 나오려는 말들을 억누르면서 "아, 그래"하고 애써 무표정하게 답했다. 산조오三条에서 큐우께이한舊京阪 특급으로 사십분이면 쿄오바시京橋에 도착하고, 거기서부터 걸어서 오륙분 되는 곳에 그 집이 있다.─"좀더 자세히 알려드릴까요"라고 했으나, 가만히 있으면 말할 것 같아서 "안 들어도 돼. 네가 그것을 어떻게 알지?" 하며 말머리를 돌렸다. "적당한 장소가 있다는 사실을 제가 알려줬어요. 쿄오또는 사람들 눈이 있으니 쿄오또에서 멀지 않은 곳에 어디 없을까요 하고 키무라 씨가 물어서 친구 중에 노는 애가 있어서 그런 것을 자세히 알고 있기에 물어봤어요"라고 말하고서 토시꼬는 "아빠 좀 드실래요?" 하며 꾸르부아지에를 따랐다. 요즘 브랜디를 마시지 않으려고 했는데 어제 토시꼬가 식탁 위에 내놓았다. 나는 멋쩍음을 얼버무리려고 한모금 마셨다. "지나친 참견인지 모르겠지만 아빠는 어떻게 생각하세요?"라고 토시꼬가 물었다. "어떻게 생각하느냐라니, 뭘 말이냐?" "엄마가 지금도 아빠를 배신하지 않고 있다면 믿으시겠어요?" "네 엄마와 그런 이야기를 한 적이 있니?" "엄마는 그런 이야기를 하지 않았어요. 키무라 씨한테 들었죠. 사모님은 지금도 선생님에 대한 정절을 지키고 계십니다, 라고. 저는 그런 바보 같은 말을 정말로 믿지 않아요."─토시꼬가 다시 셰리 유리잔에 가득 따라주어서 나는 주저하지 않고 잔을 비웠다. 얼마든지 더 마실 수 있을 것 같은 기분이 들었다. "네가 믿건 안 믿건 네 마음이다." "아빠는 어떠세

요?" "나는 누가 뭐래도 이꾸꼬를 믿는다. 설령 키무라가 이꾸꼬의 정조를 더럽혔다고 해도 그런 말을 믿지 않는다. 이꾸꼬는 나를 속일 여자가 아니야." "후훗" 하고 토시꼬가 작은 웃음소리를 입으로 삼켰다. "하지만 정조를 더럽히는 짓을 하지 않았다고 해도 정조를 더럽히는 것보다 훨씬 더 불결한 방법으로 어떤 만족을—" "그만하지 못하겠니, 토시꼬?" 하고 나는 야단쳤다. "주제넘게 굴지 마라. 부모에게 할 말과 못할 말이 있다. 그런 말을 하는 넌 제멋대로구나. 너야말로 불결한 녀석이다. 더이상 일없으니까 어서 돌아가거라." 토시꼬는 "갈게요" 하며 그릇에 퍼놓은 밥을 밥통에 던지듯 부어놓고 가버렸다. ……

열쇠 115

……토시꼬에게 허를 찔리고 난 후 일어난 마음의 동요는 오랫동안 가라앉지 않았다. 토시꼬가 "오오사까에 갔어요"라고 폭로했을 때 나는 명치께가 움푹 파이는 것 같았고, 언제까지나 그 느낌이 계속되었다. 그렇다고 내가 그런 행동을 전혀 눈치채지 못한 것은 아니었다. 하지만 상상은 하면서도 되도록 그 일을 생각하지 않으려고 노력했는데 느닷없이 확실하게 들으니까 움찔했다는 것이 나의 거짓 없는 심정일지도 모른다. 그러나 장소가 오오사까라는 말은 처음 들었다. 어떤 집일까, 깨끗한 보통 여관일까, 아니면 기생집이거나 싸구려 온천 마크가 있는 집일까. ……생각하지 않으려고 해도 그 집의 모습과 실내 공기, 그리고 둘이 누워 있는 모습까지 떠올라 머릿속에서 떠나질 않았다. ……'노는 친구에게 물었다?' ─ 나는 무심코 사각의 벽으로 구분된 값싼 아파트 모양의 방 하나를 연상했고, 타따미가 아닌 침대에 누워 있는 모습을 그렸다. 이상하게도 타따미방에 이불을 깔고 누워 있기보다는 침대에 누워 있기를 바라는 마음이 들었다. '어쩐지 아주 부자연스러운 방법' '정조를 더럽히는 것보다 훨씬 더 불결한 방법' ─ 갖가지 포즈, 여러 방향으로 움직이는 손과 발의 모양이 떠올랐다. ……토시꼬는 왜 느닷없이 그런 폭로를 했을까. 그것은 그애의 의지에서가 아니라 이꾸꼬가 시켜서 한 것은 아닐까 하는 의문이 떠올랐다. 이꾸꼬가 그런 것을 자신의 일기에 쓸지 여부는 잘 모르겠지만, 일기에 써도 내가 읽지 않을(혹은 읽지 않은 척할) 것이 우려되어서 부득이하게 토시꼬를 이용해 나에게 알리려고 했다? 가장 중요한 것은 ─ 또한 가장 신경쓰이는 것은 ─ 이꾸꼬가 이번에야말로 모든

것을 키무라에게 아낌없이 바치는 것은 아닌지, 그리고 토시꼬의 입을 빌려 나에게 양해를 구하는 것은 아닌지 하는 점이다. "그런 바보 같은 말을 정말로 믿지 않아요"라고 토시꼬가 말한 것은 이꾸꼬가 시켜서 한 일일까. ……지금 생각해보면 "그녀가 많은 여성들 가운데에서도 매우 드물게만 존재하는 물건의 소유자라는 사실"이란 말을 일기에 적은 것이 잘못이었다. 역시 그 말은 적지 않는 편이 좋았을 것이다. 그녀는 그 물건을 남편 이외의 남성과 시험해보려는 호기심에 맞서 과연 언제까지 버틸 수 있었을까. ……지금까지 내가 아내의 정절을 의심하지 않은 이유 중 하나는, 그녀가 어떤 경우에도 나와의 성교를 거부하지 않았다는 데 있다. 그녀가 다른 곳에서 그를 만나고 온 것이 분명한 때에도, 그런 밤에 남편이 달려들더라도 놀라는 기색이라곤 단 한번도 보이지 않았을 뿐만 아니라 적극적으로 다가오기까지 했다. 그녀의 이런 행동을 그와 실제로 관계까지 하지 않았다는 증거라고 생각하더라도, 다른 여성은 차치하고 나의 아내는 오후에 그런 일이 있고 저녁에 다시 그런 일이 있다고 해도, 또한 그런 날이 며칠씩 지속된다고 해도 끄떡없을 체질이다. 사랑하는 이와 시간을 보낸 후 싫은 상대와 관계를 하면 견디기 어려운 가책을 느끼게 되지만 그녀는 예외이기 때문이다. 그녀가 나를 거부해도 그녀의 육체는 거부를 모른다. 거부하려고 해도 유혹을 떨치지 못하고 오히려 즐겁게 받아들인다. 그것이 음부淫婦가 음부인 이유임을 나는 여태껏 간과해왔다. ……

    어젯밤에 아내가 집에 돌아온 때는 아홉시였다. 열한시에 내가 침실로 들어갔을 때 그녀는 이미 침대에 누워 있었다. ……나는 기대 이상으로 적극적인 그녀를 발견하고 그저 놀라기만 했다. 나는 완전히 수동적으로 되어 그녀가 시키는 대로 할 뿐이었다. 성관계를 하는 그녀의 태도, 나를 다루는 손길, 나를 대하는 방법 등등에 부족한 점이 하나도 없었다. 교태 부리는 모습, 황홀경에 빠져들게 하는 방법, 점점 절정으로 이끌어가는 기교의 단계, 이 모든 것들은 그녀가 성행위에 혼신을 다하고 있다는 증거였다. ……

4월 15일. ……나의 두뇌가 날이 갈수록 안 좋아지고 있다는 것은 나 자신이 보아도 분명했다. 1월 이후 다른 일들은 모두 내버려둔 채 오로지 아내를 기쁘게 하는 일에만 열중해왔다. 어느 사이엔가 나는 음욕 이외의 다른 것에는 흥미를 갖지 못하게 되었다. 무엇을 사고하는 능력도 아주 쇠약해져서 한가지를 오분 이상 생각할 수가 없다. 머릿속에는 아내와의 잠자리에 관한 갖가지 망상만이 떠오른다. 지금까지 어떤 경우에도 책을 멀리한 적은 없는데 하루 종일 아무것도 읽지 않는다. 그러면서도 오랜 동안의 습관으로 몸은 책상 앞에 앉아 있다. 눈은 책을 보고 있지만 아무것도 읽을 수가 없다. 무엇보다 눈이 침침해 읽기가 힘들다. 글자가 이중으로 보여 같은 행을 몇번이나 읽기도 한다. 이제 나는 저녁이 되어야만 살아나는 동물, 아내를 안는 것 외에는 능력이 없는 동물로 변해버렸다. 낮에 서재에 틀어박혀 있으면 참기 어려운 권태를 느끼는 한편으로 말로 표현할 수 없는 불안에 휩싸인다. 밖에서 산책을 하면 불안이 어느정도 해소되지만, 산책하는 것도 점점 부자유스러워진다. 지독한 어지러움 때문에 보행에 곤란을 느낄 때가 자주 있다.

걷다보면 거리 위에 쓰러질 것 같은 때도 종종 있다. 산책을 나가더라도 많이 걷지 않고 가능하면 인적이 드문 햐꾸만벤, 쿠로다니黑谷, 에이깐도오永観堂 주변에서 지팡이를 짚고 걷거나, 주로 벤치에 앉아 시간을 보낸다. (다리의 힘도 약해져서 오래 걸으면 금방 피곤해진다.) ……

……오늘 산책에서 돌아와보니 아내가 양장일을 하는 카와이 여사와 거실에서 이야기를 나누고 있었다. 내가 차를 마시러 들어가려고 하자 "지금은 들어오지 마세요. 이층에 가 계세요" 한다. 거실 안을 들여다보니 아내가 양장을 입고 있었다. 자꾸 이층으로 올라가라고 해서 서재로 올라왔다. "잠시 나갔다 올게요" 하고 계단

열쇠 119

밑에서 아내가 말하는 소리가 들리더니 카와이 여사와 함께 나가는 모양이었다. 이층의 창으로 길을 걷는 두 사람을 내려다보았다. 아내의 양장을 보는 건 처음이다. 얼마 전 일본옷 차림에 액세서리를 착용한 것은 양장을 입기 위한 준비였던 것이다. 하지만 솔직히 아내에게 양장이 어울린다고 말하기는 어렵다. 볼품없고 키 작은 카와이 여사에 비하면 우아한 몸을 지닌 아내 쪽이 더 잘 어울릴 것 같지만, 몸에 딱 들어맞지는 않아 보인다. 여사는 양장이 익숙해서인지 능숙하게 차려입었으나 아내는 귀걸이와 레이스 장갑이 일본옷을 입을 때처럼 잘 어울리지 않았다. 일본옷에는 그 장신구들이 이국적으로 느껴졌지만 양장에는 어색했고 조화롭지 못했다. 양장과 신체와 액세서리가 전부 별개인 듯한 느낌이 들었다. 요즘에는 일본옷을 양장처럼 입는 것이 유행이라는데 아내는 반대로 양장을 일본옷처럼 입고 있었다. 양장 아래로 일본옷이 어울릴 만한 체형이 드러났다. 어깨가 너무 둥글고, 특히 안짱다리가 눈에 거

슬린다. 다리가 가늘어서 산뜻하지만, 무릎 아래에서부터 복숭아 뼈에 이르는 선이 바깥쪽으로 휘어져서 구두를 신은 발목과 정강이가 만나는 부분이 묘하게 부풀어 볼록하다. 거기에다 몸동작이, 가령 손을 움직이는 모습, 발을 옮기는 모습, 고개를 좌우로 움직이는 모습, 어깨나 상반신의 움직임 등이 모두 일본옷에나 걸맞을 듯이 나긋나긋해서 양장에는 어설퍼 보인다. 하지만 나에게는 가냘프고 엉성한 옷차림과 보기 싫게 휘어져 있는 다리 곡선이 묘하게 매력적으로 다가오는 것도 사실이다. 이렇게 신기한 요염함은 일본옷을 입은 그녀에게서 느낄 수 없는 것이었다. 나는 걸어가는 아내의 뒷모습을 배웅하면서—유독 치마 아래 복숭아뼈 주변의 완만한 곡선의 아름다움에 넋을 잃으면서—오늘밤의 일을 생각했다. ……

4월 16일. ……오전에 니시끼에 장을 보러 갔다. 나는 이미 오랫동안 게으름을 피우면서 직접 식료품을 사러 가지 않았었다.— 요즘 들어서는 모든 일을 할멈이 하고 있는데, 이렇게 지내다보니 가정주부의 임무를 소홀히 하는 것 같아서 남편에게 미안한 마음이 들었고, 그래서 오랜만에 장을 보러 나갔다. (그러나 나로서는 장을 보러 나가는 것보다 더 중요한 일이 있었으니, 남편을 즐겁게 해주기 위한 바쁜 일을 앞두고 있어서 좀처럼 니시끼에 갈 여유가 없었다.) 단골 채소가게에서 죽순과 누에콩과 완두콩을 조금씩 샀다. 죽순을 보니 생각난 것인데 올해는 결국 꽃이 핀 줄도 모르고 지나가버렸다. 작년에는 토시꼬와 둘이서 소스이疏水 주변 긴까꾸지銀閣寺에서부터 호오넨인法然院 쪽으로 꽃구경을 하며 걸은 적이 있었다. 지금쯤 그곳의 꽃은 전부 졌을 것이다. 게다가 올봄은 왜 이렇게 황망하고 부산스러운지 모르겠다. 순식간에 두어달이 꿈처럼 재빨리 지나갔다. ……열한시에 돌아와서 서재에 있는 꽃을 바꾸어 꽂았다. 오늘은 미모사로 바꾸었는데 마담이 정원에 있던 그 꽃을 보내주었던 것이다. 남편은 지금 막 일어난 모양으로 내가 꽃을 만지고 있을 때 그제야 이층으로 올라왔다. 남편은 언제나 아침 일찍 일어나는데 최근에는 자주 이렇게 늦잠을 잔다. "지금 일어났어요" 하고 물으니 "오늘이 토요일인가" 하며 "내일은 아침부터 외출하겠지?"라고 아직 잠이 남아 있어서 덜 깬 목소리로 말했다. (실은 잠에서 덜 깬 상태는 아니었다. 남편은 매우 신경을 쓰면서 말했다.) 나는 확실한 대답을 하지 않고 입으로 웅얼거렸다. ……

두시경에 현관에서 "계십니까" 하는 소리와 함께 모르는 남자가 찾아왔다. 이시즈까 치료원에서 왔다고 한다. 지압치료사였다. 아무도 오라고 한 사람이 없다고 여겼는데 할멈이 나와서 "선생님이 부르라고 하셔서 제가 오라고 했습니다"라고 한다. 이상한 일도 다 있다. 남편은 옛날부터 모르는 사람이 다리나 허리를 주무르는 것을 싫어해서 지금까지 안마나 마사지하는 사람에게 몸을 맡긴 적이 없다. 어찌된 일이냐고 할멈에게 물으니, 얼마 전부터 선생님께서 어깨 근육이 뭉쳐서 견딜 수가 없고 고개도 돌아가지 않는다고 하셔서 굉장히 솜씨가 좋은 지압사가 있으니 속는 셈 치고 한번 받아보시라고, 신기하게도 한두번 정도 지압을 받으면 언제 그랬냐는 듯이 깨끗이 낫는다고 계속해서 말씀드렸더니 오늘은 선생님께서 굉장히 고통스러우신지 지압사를 불러달라고 하셨다고 한다. 지압사는 나이가 오십 정도 되어 보이고 인상은 그다지 좋지 않았으며, 마르고 검은 안경을 썼다. 맹인인 줄 알았는데 그렇지 않은 모양이다. 내가 무심코 "안마사"라고 불렀더니 할멈이 당황해하며 "안마사라고 하면 화냅니다. 선생님이라고 부르세요"라고 한다. 침실에서 남편을 침대에 뉘어놓고는 자신도 침대에 올라가서 치료를 시작한다. 하얗고 깨끗한 윗도리를 입고 있었지만 어쩐지 더러운 듯한 느낌. 이런 남자를 신성한 침대에 올라가게 하고 싶지는 않았다. 남편이 안마를 싫어하는 것도 이해가 되었다. "어깨 근육이 너무 많이 뭉쳐 있네요. 바로 편안하게 해드리지요"라고 한다. 아는 척하는 것이 우스꽝스럽다. 두시부터 시작해서 네시까지 두시간이나 주무른다. "한두번 정도 더 받으면 좋아질 겁니다. 내일 또 오겠습니다" 하고서 돌아간다. 남편에게 "어때요" 하고 물으니 "어느정도 풀렸는데 몸 전체를 세게 짓눌러서 아팠어. 좋은 느낌은 아니야"라고 한다. "내일도 온다고 하더군요" 하니까 "한두번 받아보지 뭐"라고 한다. 상당히 어깨가 뭉친 모양이다. ……

열쇠 123

……"내일은 아침부터 외출하겠지"라는 말을 남편으로부터 듣고 "오늘 지금부터 외출해요"라고 말하는 것이 곤란했지만 나가야 할 일이 있어서 네시 반쯤에 양장으로 갈아입고 귀걸이를 단 귓불을 보란 듯이 침실 쪽으로 내밀고 '나갔다 올게요'라는 표정을 지어 보였다. "당신 산책은요?" 하며 어색하게 물어보았다. "응, 나도 나갈 거야"라고 했지만, 남편은 지압을 받고 나서 축 처진 몸으로 계속 침대에 누워 있었다. ……

4월 17일. 남편에게 중대한 사건이 일어난 날, 나에게도 중대한 날임에 틀림없다. 어쩌면 오늘 일기는 내 생애에서 잊을 수 없는 것이 될 것 같다. 따라서 오늘 하루 나갔다 온 일들은 최대한 남김없이 자세하고 분명하게 쓰고 싶지만 경솔하게 굴지 않는 편이 좋을 것이다. 그리고 지금으로서는 오늘 아침부터 저녁까지 내가 어디서 어떻게 시간을 보냈는가에 대해 너무 세세하게 적지 않는 편이 현명할 것이다. 나는 일요일인 오늘 하루를 어떻게 보낼 것인가 전부터 생각해둔 것이 있었고 그 계획대로 했다. 나는 언제나처럼 오오사까에 있는 집에 가서 키무라 씨와 만났고 늘 하던 대로 즐거운 일요일 오후를 보냈다. 아니, 함께 지낸 일요일 가운데 오늘이 가장 즐거웠는지도 모른다. 나와 키무라 씨는 비밀스러운 별의별 유희를 한껏 즐겼다. 나는 키무라 씨가 이렇게 하면 좋겠다고 말한 것은 무엇이든 했다. 뭐든지 그가 바라는 대로 몸을 움직였다. 상대가 남편이었다면 도저히 생각할 수도 없고, 절대 할 수도 없는 파천황破天荒의 자세를 취했고, 몸을 기발한 위치에 가지고 가서 곡예사와 같은 동작도 취했다. (대관절 나의 두 팔

과 두 다리는 언제 이렇게 자유자재로 움직일 수 있는 기술을 익혔을까, 나도 나 자신에게 놀랐다. 하지만 이 모든 동작은 키무라 씨가 나에게 가르쳐준 것이다.) 평소 그와 그 집에서 만나면 우리는 헤어지는 순간까지 일초의 시간도 아까워하며 온 힘을 다해서 서로에게 열중해 필요하지 않은 이야기는 단 한마디도 하지 않는데 오늘은 갑자기, "이꾸꼬 씨, 무슨 생각을 하고 있습니까" 하며 키무라가 무언가 알아차린 것처럼 나에게 물었다. (키무라는 얼마 전부터 나를 "이꾸꼬 씨"라고 부른다.) "아니요, 특별히 없어요"라고 나는 말했지만, 그때 여태껏 없던 일로서 남편의 얼굴이 살짝 내 눈앞을 스쳐갔다. 어째서 이러한 때에 남편의 얼굴이 떠오르는 것인지 이상했지만 나는 그 모습을 지우려고 안간힘을 썼다. 그러자 키무라가 "알고 있습니다. 선생님을 생각하고 계신 거죠" 하며 아픈 데를 찔렀다. "어째서인지 저도 선생님이 생각나던 차입니다."―키무라는 그렇게 말하고 나서, 이렇게 된 후로 면목이 없어서 오랫동안 찾아뵙지 못했는데 조만간 한번 찾아뵈려고 생각하고 있었다, 실은 고향에 편지를 해서 말린 숭어를 댁으로 부치라고 했는데 아직 도착하지 않았느냐 등의 말을 했다. 그 이야기는 그쯤에서 그만두고 우리 두 사람은 다시 향락의 세계로 빠져들었는데 지금 생각해보면 서로가 뭔가를 감지했던 것 같다. ……다섯시에 집에 돌아와서 보니 남편은 외출 중이었다. 할멈에게 물으니 오늘도 지압하는 선생이 와서 두시부터 네시 반까지 어제보다 삼십분이나 길게 치료를 했다고 한다. 그 남자는, 어깨가 지독히도 뭉쳐 있는 것은 혈압이 높다는 증거인데 의사가 주는 약은 효과가 없다, 아무리 훌륭한 대학병원 선생님을 찾아가서 치료를 받아도 쉽사리 낫지 않는다, 그보다는 자신에게 맡겨라, 책임지고 고쳐주겠다, 자신은 지압만이 아니라 침도 놓고 뜸도 뜬다, 먼저 지압을 하고 좋아지지 않으면 침을 놓겠다, 어지러운 증상은 하루면 없어진다,라고 말했다고 한다. 혈압이 높다고는 해도 걱정하며 자꾸 혈압을 재는 것은 좋지 않다, 신경을 쓰면 혈압이 올라간다, 혈압이 200이나 250인데도 몸관리를 하지 않고 아무렇지 않게 사는 사람도 꽤 있다, 괜히 신경쓰는 것은 좋지 않다, 술이나 담배는 별 지장이 없다, 당신의 고혈압은 결코 악성이 아니니까 괜찮고 좋아질 것이다,라고 해서 남편은 지압사가 아주 마음에 든 모양으로 당분간은 날마다 오라고 했고 이제 의사에게는 가지 않겠다고 했다고 한다. 남편이 여섯시 반에 산책에서 돌아와 일곱시에 둘이서 식사를 했다. 연한 죽순으로 끓인 맑은장국, 누에콩을 소금물에 데

친 것, 완두콩과 얼린 두부를 함께 구운 것, 이는 어제 니시끼에서 사온 재료를 가지고 할멈이 요리한 것들이다. 이밖에도 230그램 정도의 안심 스테이크가 있었다. (채소를 주로 섭취하고 지방이 많은 것은 먹지 말라고 했는데 남편은 나와 저녁마다 일을 치르기 위해 매일같이 소고기를 몇 그램씩 섭취하고 있다. 전골, 쇠기름구이, 로스트 등 여러 방식으로 요리해 먹는데 남편이 가장 좋아하는 것은 절반 정도만 익혀 피가 떨어지는 스테이크이다. 좋아해서라기보다는 필요해서 먹는 것이어서 하루라도 거르게 되면 불안해하는 것 같다.) ― 스테이크를 딱 알맞게 굽기가 어려워 집에 있을 때는 대부분 내가 굽는다. 말린 숭어가 드디어 도착한 듯 상 위에 올라와 있다. "이것이 있으니 술을 좀 마실까"라고 하여 꾸르부아지에를 내왔는데 많이 마시지는 않았다.

전날 내가 없는 가운데 토시꼬와 언쟁을 할 때 남편이 거의 다 비워서 바닥에 조금만 남아 있는 것을 가지고 둘이서 한 잔씩 했다. 그리고 나서 남편은 다시 이층으로 올라갔다. 열시 반에 목욕물을 데워놓았다고 이층에 알렸다. 남편이 목욕한 후 나도 씻었다. (나는 오늘 벌써 두 번째이다. 아까 오오사까에서 목욕을 했기 때문에 안 씻어도 되지만 남편에 대한 예의로 씻었다. 지금까지 몇번 그런 적이 있다.) 침실에 들어가니 남편은 벌써 침대 위에 누워 있다. 그리고 내 모습을 보더니 바로 플로어 스탠드를 켰다. (남편은 근래에 그 일을 할 때 이외에는 침실의 불빛을 밝히고 싶어하지 않는다. 동맥경화의 결과가 눈에도 영향을 미쳐서 주위의 사물이 반짝이며 이중 삼중으로 눈동자에 비치고 눈을 강하게 자극하기 때문에 눈을 뜰 수가 없는 것이다. 그래서 필요없을 때는 약간 어둡게 해두고 그 일을 할 때에만 형광등을 밝게 켜놓는다. 형광등 수가 전보다 많아 상당히 밝았다.) 남편은 갑자기 밝아진 빛 아래서 나를 보고는 놀라움에 눈을 깜빡였다. 왜 그런가 했더니 내가 욕실에서 나온 뒤 갑자기 귀걸이를 하고 싶다는 생각이 들어 내 침대로 올라가서 일부러 등을 남편 쪽으로 향한 채 귀걸이를 하고 귓불의 뒤쪽이 보이게 누웠기 때문이었다. 그런 사소한 행동으로 지금까지 하지 않던 일을 하자 남편은 이내 간단히 흥분해버렸다. (남편은 나를 세상에 드문 음부淫婦라고 하지만, 나는 남편만큼 끊임없이 욕망에 목말라하는 남자를 본 적이 없다. 아침부터 저녁까지 어느 때라도 남편은 늘 나와의 육체적 접촉만 생각해서 내가 보이는 매우 작은 암시에도 금세 반응을 한다. 틈만 보이면 그 자리에서 달려드는 것이다.) 이윽고 남편이 내 침대로 올라와 뒤에서 나를 꼭 껴안고 귀의 안쪽에 격렬하게 키스하자 나는 눈을 감은 채 허락하고 있었다. ……나는 이렇듯 지금 어떤 의미에서도 사랑한다고 말할 수 없는 '남편'이라는 사람이 나의 귓불을 만지는 것을 불쾌하게 느끼지 않았다. 키무라와 비교하면 너무나 서투른 키스라고 생각했지만, '남편'의 기묘하고 간지러운 혀의 감촉이 징그럽지만은 않았다. 그러니까 징그러운 감촉에도 자연스럽게 어떤 달콤함이 존재한다는 생각이 들어서 그 맛을 음미할 수 있었다. 나는 '남편'을 마음속으로 싫어하지만, 이 남자가 나를 위해 이렇게도 열중한다는 것을 알고는 그가 광적일 정도로 희열을 느끼는 것에 흥미가 생겼다. 결국 나는 애정과 음욕을 완전히 별개로 처리하는 것이 가능한 성격인데, 한편으로는 남편을 멀리하면서도—무슨 말을 하든 싫은 남자로 그에게 구토를 느끼면서도—그런 환희의 세계에 이끌려감으로써 나 자신도 어느 사이엔가 그런 세계에 빠져들어갔다. 처음에 나는 나 자신도 무서우리만치 냉정하게, 어떻게 하면 그를 지금보다 더 머리가 혼란스럽도록 만들 것인가, 오로지 그런 생각에만 빠져 그가 금방이라도 발광할 것처럼 헐떡이는 모습을 야멸찬 시선으로 관찰하며 능란하게 구사하는 나의 기교에 나 자신이 도취해 있었는데, 이런 일이 반복되는 사이 차츰 나도 그와 마찬가지로 가쁘게 숨을 토해내면서 똑같이 머리가 혼란스러워졌다. 오늘도 나는 낮 동안에 키무라와 했던 유치한 놀이 하나하나를 그대로 다시 한번 남편을 상대로 연출해보고 그와 키무라가 어떤 점에서 어떻게 다른가를 음미하며 구별하는 것에 흥미를 느끼고 있었는데, 그리고 낮에 즐긴 상대와 비교해 이 남자의 기술이 얼마나 졸렬한지 안타까움마저 생겼는데, 그다음에 어찌 된 일인지 결국 나는 낮과 마찬

가지로 흥분하고 말았다. 그리고 키무라를 꼭 끌어안은 것과 같은 힘으로 이 남자를 강하게 껴안고 이 남자의 목에 힘껏 매달렸다. (이런 행동이 음부가 음부인 이유라고 이 남자는 말할 것이다.) 나는 몇번이나 그를 꼭 껴안았는지 기억나지 않는다. 그러나 그것을 몇분 동안 지속한 후 한번의 행위를 끝낸 순간 남편의 몸이 갑자기 흐느적거리며 중심을 잃고 내 몸 위로 쓰러졌다. 나는 대번에 심각한 일이 일어났음을 깨달았다. 내가 "여보" 하고 불러보았지만 그는 혀가 돌아가지 않아 알 수 없는 소리만 해댔다. 그리고 미지근한 액체가 뚝뚝 떨어져 내 얼굴을 적셨다. 그가 입을 벌린 채 침을 흘리고 있었던 것이다. ……

4월 18일. ……이런 일이 일어나면 어떤 조치를 취해야 하는지 예전에 코다마 씨가 일러준 내용을 나는 곧바로 떠올렸다. 우선 그가 나를 위에서 누르고 있었으므로 내 몸을 살며시 바깥쪽으로 빼냈다. (그의 몸은 이완된 뒤부터 갑자기 체중이 늘어난 것처럼 무겁고 묵직하게 나를 짓누르고 있었다. 나는 그의 머리가 가능한 한 흔들리지 않도록 신경쓰면서 그의 얼굴 아래에 있는 내 얼굴을 천천히 한쪽으로 힘껏 빼냈다. 아니, 그전에 그의 안경이 방해가 되어서 가장 먼저 그것을 벗겼다. 그때, 눈을 반쯤 뜬 채 안면 근육이 완전히 풀어진 '안경을 쓰지 않은 얼굴'은 대단히 소름이 끼쳤다.) 나는 침대에서 내려온 뒤 엎드려 누워 있는 그를 조심스럽게 아주 천천히 바로 뉘었다. 머리를 약간 높이려고 베개와 쿠션을 상반신 밑으로 밀어넣었다. 안경 외에는 몸에 아무것도 걸치지 않았지만(나도 역시 그때까지 귀걸이 외에는 아무것도 걸치지 않았다) 안정이 절대 필요함을 잘 알고 있어서 알몸을 그대로 두고 그 위에 잠옷을 살며시 덮어주었다. ─ 몸 왼쪽에 마비가 온 것을 알았다. ─ 시간을 확인하려고 선반 위의 시계를 보았다. 오전 한시 삼분이었다. 정신을 차리고 형광등을 끈 다음 나이트 테이블의 작은 스탠드만 켜고 갓 위에는 천을 씌웠다. 세끼텐쪼오의 토시꼬와 코다마 선생에게 전화를 해서 바로 와달라고 했고, 토시꼬에게는 오면서 얼음가게에 들러 얼음을 두관[7] 정도 사오라고 일러두었다. (나는 상당히 차분한 편이었으나 수화기를 잡은 손이 떨리고 있었다.) 약 사십분 후에 토시꼬가 왔다. 내가 부엌에서 얼음주머니와 얼음베개를 찾고 있을 때 그애는 얼음을 들고 들어와서 개수대 위에 올려놓았

---

[7] 과거의 도량형 단위로 한관(貫)은 3.75킬로그램이다.

다. 그리고 내가 어떤 표정을 짓고 있는지 번득이는 눈으로 재빠르게 간파하고 나서는 짐짓 모른 체하며 얼음을 꺼내 쪼갰다. 나는 그애에게 아빠의 상태를 짧게 설명했다. 그애는 얼굴색 하나 변하지 않고, 이제 새삼스레 놀랄 것도 없다는 표정으로 "응, 응" 고개를 끄덕이며 얼음 쪼개는 일을 계속했다. 그리고 둘이 침실로 가서 마비된 쪽과 반대쪽이 아주 차가워지도록 얼음주머니와 얼음베개를 대주었다. 두 사람 모두 필요없는 말을 전혀 하지 않았다. 서로가 얼굴을 보려고도 하지 않았다.——마주보려고도 하지 않았다.

두시에 코다마 씨가 왔다. 나는 토시꼬를 남편 곁에 있게 하고 병실 밖에서 코다마 씨를 맞이해 남편이 어떤 상황에서 쓰러졌는지, 토시꼬에게 말하지 않았던 사항을 대략 이야기하였다. 그러면서 나는 얼굴이 빨개졌다. 코다마 씨는 상당히 면밀하고 신중하게 진찰했다. "손전등을 빌려주세요" 했고, 동공을 비추며 빛반사 검사를 하더니 "뭔가 젓가락 같은 것이 없습니까?"라고 했다. 토시꼬가 부엌에서 젓가락을 가지고 왔다. "잠깐 방을 밝게 해주세요" 하며 형광등을 켜라고 했다. 코다마 씨는 환자의 오른쪽 발바닥과 왼쪽 발바닥 표면을 막대기 끝으로 뒤꿈치에서 발톱 끝까지 살살 몇번이나 문질렀다. (바빈스끼 반사라고 나중에 코다마 씨가 알려주었다. 막대기로 문질러서 어느 쪽 발가락이 반사적으로 구부러지는 경우에는 그 반대쪽에 뇌일혈이 일어난 것이라고 한다. 남편은 오른쪽 뇌 일부가 막힌 것으로 생각된다고 한다.) 그리고 코다마 씨는 환자가 덮고 있던 이불을 벗겨내고 환자 위에 있던 잠옷을 아랫배 근처까지 걷어올렸다. (그제서야 남편이 알몸으로 누워 있는 모습을 코다마 씨와 토시꼬가 보았다. 밝은 형광등 불빛 아래에 남편의 하반신이 드러나니까 두 사람은 놀란 모양이었지만 오히려 내가 더 거북했다. 바로 한시간 전만 해도 이 사람의 이 몸이 내 몸 위에 있었다는 사실이 왠지 믿기지 않았다. 이 사람은 종종 나의 벗은 알몸을 보면서 사진까지 수십번 찍었는데 막상 나는 이런 각도에서 벗은 채 누워 있는 그의 알몸을 찬찬히 관찰한 적이 없다. 마음을 먹으면 볼 수도 있었지만 되도록 피하고 싶었다. 그와 벗은 채 누워 있을 때에는 가능한 한 곁에 바싹 다가가 끌어안고 몸 전체를 보지 않으려 하였다. 그는 내 몸 부분부분에 대해서, 아마 땀구멍 숫자까지도 모두 세어봤겠지만 나는 그의 몸이 어떻게 생겼는지, 키무라의 몸을 아는 것처럼 잘 알지는 못했고, 아니 알고 싶지도 않았다. 알게 되면 더욱더 싫어질 거라고 예상했기 때문이다. 나는 이렇게 빈약한 육체를 가진 사람과 잠자리를 함께했다는 것이 낯설게 느껴졌다. 내 다리를 안짱다리라고 했는데 그의 안짱다리는 나와 비할 바도 아니었다. 이렇게 누워 있으니 더욱 그랬다.) 그런 다음 코다마 씨는 환자의 좌우 다리를 약 50센티 정도 벌려서 고환이 잘 보이게 했다. 그리고 앞서 말한 젓가락으로 고환 바로 밑의 양쪽 피부를 좀전처럼 문질렀다. (고환을 달고 있는 근육의 반사를 살펴본 것이라고 나중에 설명해주었다.) 두어번을 계속해서, 그리고 양쪽을 번갈아가면서 문질렀다. 오른쪽 고환은 천천히 전복이 꿈틀대듯 상하운동을 했지만, 왼쪽 고환은 잘 움직이지 않았다. (나와 토시꼬는 눈을 어디에 두어야 할지 곤란했다. 토시꼬는 급기야 나가버렸다.) 다음에는 체온과 혈압을 검사했다. 체온은 보통. 혈압은 190 정도. 혈압 수치는 출혈로 인해 어느정도 내려간 것이라고 한다.

코다마 씨는 한시간 반 이상 침대 옆의 의자에 앉아서 경과를 지켜보았다. 그사이에 팔의 정맥에서 100그램의 피를 뽑았다. 짙은 포도당 50퍼센트에 네오피린, 비타민B1, 비타민K 등의 주사를 놓았다. "오후에 다시 오겠습니다. 소오마 선생님께 한번 와달라고 부탁드리는 편이 좋을 겁니다"라고 했는데, 코다마 씨가 말하지 않아도 나는 그렇게 할 참이었다. "친척에게 알릴 필요가 있을까요" 하고 물었더니 "좀더 용태를 보고 나서 하는 것이 좋겠습니다"라고 한다. 코다마 씨가 돌아간 시각은 오전 네시. 배웅하면서 바로 간호사를 보내달라고 부탁했다.

오전 일곱시에 할멈이 왔고, 토시꼬는 오후에 다시 오겠다고 하고 일단 세끼덴쪼오로 돌아갔다.

토시꼬가 나가는 것을 기다렸다가 키무라의 집에 전화를 하다. 자세하게 용태를 알리다. 바로 문병하러 오지 않는 편이 좋겠다는 뜻을 전하다. 죄송한 마음이라 잠시 찾아뵙고 싶다고 말하다. 그러나 환자가 반신불수로 말은 자유롭게 못하지만 의식이 완전히 흐리지 않은 것 같고, 그래서 키무라의 얼굴을 보면 흥분할 수도 있겠다는 이유를 말하다. 그러면 병실에는 들어가지 않고 현관까지만 가겠다고 말하다.

아홉시가 지나서 남편이 코를 골기 시작하다. 남편은 항상 코를 고는 버릇이 있는데 오늘은 평소와 달리 매우 심하다. 이전의 몽롱했던 의식이 조금 돌아온 듯했지만 어느새 다시 혼수상태에 빠져든 것 같다. 다시 키무라에게 전화해서 이런 상태라면 병실에 들어와도 괜찮겠다고 말해주다.

열한시경에 코다마 씨로부터 전화. 소오마 박사와 연락이 되어서 오후 두시에 그곳으로 왕진을 갈 것이고 본인도 함께 가서 진찰하겠다고 하다.

낮 열두시 반이 지나서 키무라가 오다. 월요일 수업이 없는 틈을 타서 온 것이다. 병실로 가서 삼십분 정도 머리맡에서 시좌하다. 나도 옆에서 시중들다. 키무라는 의자에 앉고 나는 남편 침대(내 침대에 환자가 누워 있어서)에 걸터앉아서 두어가지 의논을 하다. 환자의 코골이가 이때 눈에 띄게 심해져 천둥소리처럼 되다. (정말로 코 고는 소리일까라는 생각이 문득 들다. 내 얼굴에서 두려운 빛이 보이자, 키무라도 같은 생각을 한 것 같았지만 물론 우리 두 사람은 서로 입 밖으로 내어 말하지 않았다.) 오후 한시에 키무라 돌아가다. 간호사가 오다. 코이께라고 하는 스물서너살의 귀여운 여성. 토시꼬도 오다. 겨우 시간이 나서 식사를 하다. 어젯밤 이후로 아무것도 먹지 못했던 것이다.

두시에 소오마 박사 내진. 코다마 씨도 오다. 오늘 아침의 용태와 달라진 점은 혼수상태에 빠졌고 38.2도 정도의 열이 있다고 한다. 박사의 소견도 코다마 씨와 거의 다르지 않은 것 같다. 박사도 바빈스끼 반사를 검사했지만 고환 양쪽을 문지르는 검사(고환근육 반사 검사)는 하지 않는다. 채혈도 많이 하지 않는 편이 좋다는 것이 박사의 의견인 것 같다. 그밖에 세세히 전문용어로 코다마 씨에게 주의를 주다.

박사와 코다마 씨가 돌아간 뒤 오늘도 지압사가 치료하러 나타났다. 토시꼬가 나가서 "당신의 치료 덕택에 아버지가 이렇게 되셨어요"라고 비아냥대면서 현관에서 쫓아버렸다. 좀전에 코다마 씨가 "두시간 이상 과격하게 지압을 받은 것은 좋지 않았어요. 어쩌면 그것이 직접적인 원인이 되었는지도 모릅니다"라고 말한 것을 토시꼬도 들었기 때문이다. (코다마 씨는 남편이 쓰러진 진짜 이유가 다른 곳에 있다는 것을 알고 있었지만 나를 조금이나마 위로하려고 책임을 지압으로 돌렸는지도 모른다.) 할멈이 자꾸 "제가 저 사람을 소개하지 않았더라면 좋았을 텐데, 쓸데없는 짓을 했습니다"라며 용서를 빈다.

세시 지나 "엄마, 조금 누워 있어요"라고 토시꼬가 말해서 잠시 눈을 붙이려고 하다. 하지만 침실에는 환자가 누워 있고 토시꼬와 간호사가 붙어 있다. 거실도 사람의 출입이 빈번하다. 토시꼬의 방이 비어 있지만 그애는 자신이 사용하지 않을 때도 다른 누군가가 드나드는 것을 싫어해 맹장지와 책장, 책상 서랍 등에 모조리 자물쇠를 채워 놓아서 나도 여간해서 들어가지 않는다. 그래서 이층 서재를 빌리기로 하고 마루방에 이불을 깔고 자다. 이제부터 당분간은 간호사와 내가 서로 교대로 잠을 자게 될 것 같다. 그러나 잠자리에 누워보았지만 도저히 잠이 올 것 같지 않아서 그만두다. 그보다도 어제부터 일어난 일을 일기장에 적어두고 싶어서 이 틈에 일기를 쓰다. (좀전에 이층에 올라오면서 일기를 쓸 생각으로 휴대용 필기구와 일기장을 토시꼬가 알아차리지 못하게 가지고 올라왔다.) 한시간 반 동안 17일 아침부터 지금까지의 일들을 적다. 그리고 일기장을 책장 구석에 숨겨놓고 방금 일어난 것처럼 하며 일층으로 내려가다. 다섯시 조금 전이다.

병실로 가보니 환자가 혼수상태에서 깨어난 모양이다. 이따금 가늘게 눈을 뜨고 주위를 둘러본다. 벌써 이십분 전부터 그렇게 하고 있다고 한다. 오늘 아침 아홉시부터 일곱시간 이상을 계속 잔 것이다. 코이께 간호사는 스물네시간 이상 혼수상태가 계속되면 위험하다고 들었는데 혼수상태에서 깨어나 다행이라고 한다. 그러나 좌반신의 동작은 여전히 자유롭지 못하다.

다섯시 반경에 환자가 입을 우물거리며 뭔가 말하려는 기색을 보인다. (발음이 명료하진 않지만 새벽에 쓰러졌을 때보다는 약간 알아들을 수 있을 것 같다.) 오른손을 조금 움직여 배 아래쪽을 가리킨다. 소변을 보고 싶다는 의사로 알아듣고 오줌통을 갖다대었는데 소변이 나오지 않는다. 자꾸 조바심을 내는 것 같다. "소변인가요" 하니 고개를 끄덕여 다시 오줌통을 갖다대었으나 나오지 않는다. 장시간 소변을 보지 못해 하복부가 팽팽하고 불편하지만 방광이 마비되어서 소변이 나오지 않는다. 코다마 씨에게 전화로 지시를 받음. 카테터를 가져와 코이께 씨가 배뇨를 유도하다. 다량의 소변을 보다.

일곱시, 소량의 우유와 과즙을 빨대를 통해 환자에게 주다.

열시 반경에 할멈이 집으로 돌아가다. 집에 사정이 있어서 도저히 계속 있을 수가 없다고 하면서도 그 시간까지 일해준 것이다. 토시꼬가 "나는 어떻게 할까요"라고 한다. '여기에서 자도 되는데 내가 있으면 오히려 안 좋을 것 같아요'라는 말로 들린다. "여기서 자도 되는데 네가 편할 대로 하렴. 환자는 조금 나아졌으니 달리 걱정하지 않아도 된다. 급한 일이 생기면 알려줄게"라고 대답하다. "그래요" 하며 그애는 열한시에 세끼덴쪼오로 돌아가다.

환자는 자고 있지만 깊이 잠든 것 같지는 않다.

4월 19일. ……오전 영시, 코이께 씨와 둘이서 말없이 병실에 있다. 환자에게 빛이 가지 않도록 하고 램프 그늘에서 신문이나 잡지 등을 읽으며 시간을 보내다. 코이께 씨에게 이층에서 쉬라고 했지만 자려고 하지 않는다. 다섯시경 날이 밝아오자 그제야 자러 간다.

덧문 틈으로 햇빛이 들어오니 환자는 더더욱 편안한 수면을 취할 수 없는 모양이다. 어느새 눈을 멍하니 뜨고 얼굴을 내 쪽으로 돌리고 있다. 눈으로 나를 찾고 있는 것 같다. 옆의 의자에 앉아 있는데도 내가 안 보이는 건지, 보이는데 안 보이는 척하는 건지 잘 모르겠다. 입을 움직여서 무슨 말인가를 한다. 다른 말은 명확하지 않아서 잘 알아듣지 못하겠지만 한마디만은 알 수 있다—알 것 같은 느낌이 든다. 기분 탓이겠지만 키-무-라,라고 말하는 것처럼 들린다. 그다음에는 입을 우물거릴 뿐이지만 키-무-라,라고 하는 대목은 어쩐지 분명히 그렇게 들린다. (다른 부분도 더 명료하게 말하려고 하면 할 수 있을지도 모른다. 어색함을 얼버무리려고 우물거리는지도 모른다.) 두어 번 그 말을 반복하더니 다시 입을 다물고 눈을 감아버린다. ……

　일곱시경에 할멈이, 그리고 조금 뒤에 토시꼬가 오다. 여덟시경에 코이께 씨가 일어나다.
　여덟시 반에 환자에게 아침식사를 주다. 부드러운 죽 한 그릇, 계란 노른자, 사과즙 등. 내가 숟가락으로 떠서 먹이다. 환자는 코이께 씨보다는 가능하면 내가 자신의 수발을 들기를 원한다.
　열시가 지나서 소변을 보고 싶어하다. 오줌통을 갖다댔는데 역시 누지를 못하다. 코이께 씨가 소변을 빼내려고 하자 그것이 싫은지 카테터를 저쪽으로 가지고 가라는 손짓을 하다. 할 수 없이 다시 오줌통을 대어보다. 십여분이 지나도 여전히 안 나오다. 매우 초조해하는 모습이다. "기분이 안 좋으시겠지만 이것으로 소변을 빼내고 끝내는 것이 좋습니다. 네, 그렇게 하세요. 단번에 편해져요"라고 코이께 씨가

　어린아이를 타이르듯 말하고 다시 카테터를 가지고 오다. 환자는 뭔가 알지 못할 말을 반복하면서 손으로 어떤 것을 가리키는 것 같다. 코이께 씨, 토시꼬, 나, 셋은 자꾸 물어보다. 결국 '카테터를 사용하려면 당신이 해. 토시꼬와 간호사는 저쪽으로 가 있고'라는 말을 나를 향해서 하는 듯하다. 카테터는 간호사가 아니면 사용할 수 없기 때문에 코이께 씨가 소변을 빼낼 수밖에 없다고 토시꼬와 둘이서 겨우 납득시키다.
　정오에 환자가 점심을 먹다. 아침식사와 똑같은 것인데 식욕은 상당히 좋은 것 같다.
　낮 열두시 반에 키무라가 오다. 혼수상태에서 깨어나 의식이 조금씩 회복되고 있으며, 키무라라는 이름을 입으로 말한 것 같다는 등을 이야기해주고 오늘은 현관에서 돌려보내다.

오후 한시에 코다마 씨가 진찰하러 오다. 경과가 좋고, 아직 방심하면 안되나 이 상태라면 순조롭게 회복되는 중이라고 말하다. 최고 혈압이 165, 최저 혈압 110, 체온 37.2도로 내려감. 오늘도 바빈스끼 반사와 고환근육 반사 검사를 하다. (고환근육 검사를 할 때 환자가 어떤 표정을 지을지 걱정했으나, 흐릿하고 무감각한 눈동자를 허공으로 향하고는 시키는 대로 한다.) 포도당, 네오피린, 비타민 등을 정맥주사로 놓다.

남편의 발병 사실을 되도록 사람들에게 알리지 않으려고 신경썼지만, 결국 학교에서 알게 되어 오후부터 문병객이 오고 전화로 안부를 묻는 일들이 자주 있다. 과일바구니, 꽃다발 등을 여러 사람들에게서 받다. 세끼덴쪼오의 마담이 와서 자신의 남편과 같은 병임을 알고는 대단히 안타까워하다. 그리고 이것도 집 정원에서 피었던 꽃이라고 하면서 라일락꽃을 두고 가다. 토시꼬가 그것을 꽃병에 꽂아 병실로 가져와서 "아빠, 마담이 정원에서 라일락을 꺾어가지고 오셨어요" 하며 환자가 잘 보이는 위치에 꽃병 받침을 가지고 와서 놓다. 받은 과일바구니 안에 환자가 좋아하는 이요깐伊豫柑이 있어서 믹서로 즙을 짜서 주다.

세시, 토시꼬와 코이께 씨에게 환자를 부탁하고 이층으로 올라가서 일기를 쓴 후에 수면을 취하다. 오늘은 정말 잠이 쏟아져 약 세시간 정도를 푹 자다. ……오늘밤 토시꼬는 저녁식사를 하고 곧바로 여덟시에 돌아가다. 할멈도 아홉시 반쯤에 가다.

4월 20일. ……오전 한시, 코이께 씨가 이층으로 자러 가다. 그후 나 혼자서 병실을 지키다. 환자는 초저녁부터 꾸벅꾸벅 졸고 있는 것 같았는데 코이께 씨가 가고 나서 십분쯤 후 어쩐지 잠을 이루지 못하는 기색이 느껴지다. 그늘진 곳에 누워 있어서 확실히 알 수는 없지만, 약간씩 몸을 움직이며 입으로 중얼거리는 것 같다. 살짝 들여다보니 내 생각대로 눈을 뜨고 있다. 그 눈은 내 얼굴을 지나서 훨씬 더 저쪽을 향하고 있다. 토시꼬가 꽂아둔 라일락꽃─환자의 눈은 그것을 바라보고 있는 것 같다. 스탠드 불빛을 차단해 방의 일부만 겨우 신문을 읽을 수 있게 해두었는데 그 불빛이 비추는 한쪽 구석에서 라일락이 희미한 냄새를 내뿜고 있다─그 하얀 그림자를 무의식적으로 응시하며 무언가를 생각하는 눈치이다. 나는 나도 모르게 화들짝 놀랐다. 어제 토시꼬가 저 꽃을 가지고 와서 "마담이 정원에서 라일락을 꺾어가지고 오셨어요"라고 했을 때, 지금 그런 말은 하지 않아도 되는데라고─토시꼬는 무슨 생각으로 말했는지 모르겠지만─나는 생각했다. 그때 환자는 그 말을 들었을 것이다. ─듣지 못했어도 그 꽃을 보면 그 나무가 심겨 있는 세끼덴쪼오의 정원이 떠오를 것이다. 그리고 그 집의 별채를 생각하며 그날 밤 그곳에서 일어났던 사건을 회상할 것이다. ─그렇게 생각하는 것이 지나친지는 모르겠지만 환자의 눈을 보니 뭔가 그것과 관련된 망상이 공허한 눈동자 깊은 곳에서 올라오는 것 같은 기분이 들었다. 나는 서둘러 스탠드 불빛이 그 꽃을 비추지 못하도록 했다. ……

……오전 일곱시 라일락 꽃병을 병실에서 들고 나와 유리 꽃병에 꽂은 장미로 바꾸어놓다. ……

……오후 한시 코다마 씨 내진. 체온 36.8도로 내려감. 혈압은 다시 오르는 경향을 보이며 최고 185, 최저 140. 그래서 네오히포토닌 주사 함. 오늘도 고환 검사를 하다. 현관까지 배웅 나가서 코다마 씨와 이야기를 하다. 방광 마비가 계속되어서 오늘 아침에도 코이께 씨가 소변을 빼냈다는 것, 그럴 때마다 환자가 조바심을 내고 작은 일에 신경을 곤두세우며 흥분하는 모습을 보이고, 입과 손발이 생각대로 움직이지 않아서 더욱더 초조해한다는 것 등 여러 일들을 상담하다. 남편을 진정시키고 편안한 수면을 취하게 하기 위해서 루미날을 사용하기로 하다. ……

……토시꼬가 오늘은 오전에 오지 않고 오후 다섯시경에 오다. ……열시 무렵부터 환자의 코 고는 소리가 들리기 시작하다. 소리가

그제 들었던 이상한 코골이 소리와는 달리 평소 깊은 수면을 취할 때 내는 코골이 소리 같다. 아까 저녁식사 후에 루미날 주사를 놓았는데 그 효과인 것 같다. 토시꼬가 남편의 자는 얼굴을 보더니 "기분 좋게 잠드신 것 같아요" 하고는 곧바로 돌아가다. 그 전후로 할멈도 가다. 코이께 씨를 이층에 올려보내 자게 하다. 열한시경에 전화가 울리다. 받아보니 키무라다. "이렇게 늦은 시각에 실례입니다만"이라고 하다. (지금쯤이면 나 혼자 있다고 토시꼬가 알려준 것일까.) 그후의 환자 상태를 알려달라고 하다. 경과를 이야기하고 오늘밤엔 수면제 주사가 효과를 발휘해 코를 골면서 잘 자고 있다고 알려주다. "잠시 그곳으로 가서 얼굴을 뵐 수는 없을까요"라고 하다. '얼굴'이란 누구 얼굴을 말할까라고 생각해보다. "오겠다면 내가 뒷문을 통해서 밖으로 나갈 때까지 정원에서 기다리고 있어요. 현관에서 벨을 누르면 안돼요. 나오지 않으면 나올 형편이 아니구나 생각하고 돌아가세요"라고 수화기에 대고 가능한 한 작은 소리로 말하다. 십오분 후에 희미한 발소리가 정원에서 들리다. 환자는 여전히 편안하게 코를 골면서 자고 있다. 키무라를 뒷문으로 들어오라고 해서 가정부 방에서 삼십분 정도 이야기를 나누다. ……병실로 돌아오니 아직도 코를 골며 자고 있다. ……

4월 21일. ……오후 한시 코다마 씨 내진. 혈압 최고 180, 최저 136. 어제보다는 다시 조금 내려갔지만 안심할 정도는 아니다. 적어도 최고 혈압이 170으로 내려가고 최저와의 차이가 50 이상 나지 않아야 한다고 말하다. 체온은 36.5도로 겨우 정상이 되다. 소변도 오늘 아침부터는 오줌통을 사용해서 겨우 누게 되다. 식욕이 상당히 좋아서 가져온 것은 무엇이든 받아먹는데 현재로는 약간 걸쭉한 유동식만 주다. ……

두시, 환자를 코이께 씨에게 부탁하고 이층으로 올라가다. 일기를 쓰고 나서 다섯시까지 자다. 병실로 내려오니 토시꼬가 와 있다. 다섯시 반, 저녁식사 삼십분 전에 루미날 주사를 놓다. 약효는 네댓시간 후에 나타나니까 당분간은 매일 이 시간에 수면제를 주사해 밤에 숙면을 취하도록 하는 게 좋겠다는 게 코다마 씨의 의견이다. 다만 코이께 씨에게 일러 환자가 수면제라는 걸 알지 못하도록 혈압강하제를 놓는 것으로 해두다. ……

……여섯시, 저녁 밥상이 나이트 테이블에 옮겨져 있는 것을 보고 환자가 할 말이 있는지 입을 움직이다. 두번, 세번 입을 움직여서 한가지를 말하다. 무슨 말인지 알아들을 수가 없다. 내가 숟가락으로 죽을 떠서 가지고 가면 손으로 막고 다시 말하려고 하다. 내가 시중드는 것이 못마땅해서 그런가 하고 토시꼬가 대신해보고, 코이께 씨가 대신해보았으나 시중 때문인 것 같지는 않다. 그러는 사이에 환자가 하는 말을 나는 조금씩 알아든게 되다. 환자는 아까부터 비-프-테-키, 비-프-테-키라고 한 것이다. 엉뚱한 것 같지만 아무래도 그 말 같다. 비프 스테이크-비프 스테이크, 그렇게 말하고는 호소하는 듯한 눈길로 나를 힐끗 보고 곧바로 다시 눈을 감는다. ……나는 환자가 무엇을 요구하는지 대강 짐작할 수 있지만 다른 두 사람은 모를 것이다. (토시꼬는 알지도 모른다.) 나는 두 사람이 눈치채지 못하도록 환자를 향해서 고개를 좌우로 약간 흔들어 보이고 '지금 그런 생각을 하면 안돼요. 당분간은 참으세요'라는 의향을 내비쳤는데 환자가 알아들었을까?

열쇠 145

 그후로 환자는 그런 말을 하지 않고 얌전하게 입을 벌리고 내가 주는 죽을 받아먹는다. ……
 여덟시, 토시꼬가 가고, 아홉시, 할멈이 가다. 열시, 환자가 코를 골면서 깊은 잠에 빠지다. 코이께 씨를 이층으로 올려보내다. 열한시 정원에서 발소리가 들리다. 뒷문으로 해서 가정부 방으로 들어가다. 열두시, 그가 가다. 코 고는 소리가 계속되다.

 4월 22일. ……병세엔 각별한 변화가 없다. 혈압이 어제보다 또다시 약간 높아지다. 수면제를 써서 밤에는 편안히 잠드는 것 같지만, 낮에는 머리에 답답하고 개운치 않은 생각이 떠오르는지 걸핏하면 초조한 모습을 보이다. 하루에 열두시간 이상 잠을 재울 필요가 있다고 코다마 씨가 말했는데 제대로 숙면하는 시간은 여섯시간에서 일곱시간 정도일 것이다. 그밖의 시간은 꾸벅꾸벅 조는 듯 보였지만, 정말로 자는지 어떤지 알 수가 없다. (대체로 코를 골지 않을 때는 선잠이 들었거

나 반은 깨어 있고 반은 잠든 상태라고 나는 오랫동안의 경험으로 판단하고 있다. 아니, 그 코골이조차도 지금은 가짜가 아닐까 의심하는 경우가 없지는 않다.) 코다마 씨의 허락을 받아서 내일부터 루미날을 하루에 두번, 오전에 한번 오후에 한번 사용하기로 하다. ……

…… 언제나 같은 시각에 토시꼬가 가고, 할멈이 가다. 열시에 환자의 코골이가 시작되다. 열한시에 정원에서 발소리가 들리다. ……

4월 23일. …… 발병한 지 오늘로 일주일째다. 오전 아홉시, 아침식사 후 코이께 씨가 상을 부엌에 갖다놓으러 나가자 환자가 나와 둘만 있는 틈을 이용해 입술을 움직이다. 일-기, 일-기,라고 하다. 어제 비-프-테-키라고 했을 때와 비교하면 오늘은 발음이 상당히 명확하다. 일-기, 일-기, 일기가 마음에 걸리나보다. "일기를 쓰고 싶어요? 그렇지만 아직은 무리예요"라고 하니 "아냐"라고 하며 고개를 젓는다. "아녜요? 일기를 말하는 게 아니에요?"라고 하니까, "당신의 일기 —"라

열쇠 147

고 하다. "제 일기요?" 하자 고개를 끄덕이며, "당신은—당신은 일기를—어떻게 하고 있어?"라고 하다. "저는 전부터 일기 따위는 쓰고 있지 않아요. 그건 당신도 알잖아요" 하며 나는 일부러 짓궂게 짐짓 모른 척하다. 그러자 입가에 힘없는 엷은 미소를 지으면서 "아, 그랬나. 알았소" 하며 수긍하다. 환자가 희미하게나마 미소를 보인 것은 처음이지만, 의미를 알 수 없는 약간 수수께끼 같은 미소이다. 코이께 씨가 환자의 밥상을 부엌에 갖다놓은 후 거실에서 식사를 마치고 열시경에 병실로 돌아오다. 그리고 아무 말 없이 환자의 팔에 루미날을 주사하려고 하다. "무슨, 주사?" 하며 환자가 묻다. 오전 중 이 시간에 주사 맞은 적이 없어서 이상하게 생각되는 모양이다. "아직 혈압이 좀 높아서 내리는 주사를 놓습니다" 하며 코이께 씨가 대답하다.

오후 한시 코다마 씨 내진. 두시 반부터 환자가 코를 골며 자는 것을 보고 이층으로 올라가다. 그러나 다섯시에 내려와보니 벌써 코 고는 소리가 그쳐 있다. 숙면을 취한 것은 한시간 남짓으로 나머지 시간에는 비몽사몽하는 것 같다고 코이께 씨가 말하다. 역시 수면제를 먹어도 저녁때처럼 잘 수는 없나보다. 저녁식사를 하고 두번째 주사를 놓다. ……

정확히 열한시, 정원에서 발소리가 들리다. ……

4월 24일. ……발병 이후 오늘이 두번째 일요일이다. 아침부터 두어 사람이 병문안을 오다. 모두 병실에 들이지 않고 돌려보내다. ……오늘은 코다마 씨가 내진하지 않는 날이다. 환자는 별 차도가 없다. 두시쯤에 토시꼬가 오다. 그애는 요새 매일 저녁때 와서 두어시간 병실에

있곤 하는데 오늘은 별스럽게 낮부터 와 있다. 아버지가 코를 골며 자고 있는 곁에서 "오늘은 손님들이 많지 않을까 해서" 하며 내 안색을 살핀다. 내가 아무 말도 하지 않자, "엄마, 장 봐야 하지 않나요. …… 가끔 일요일에는 바깥공기도 쐬고 오는 게 어때요?" 한다. 도대체 이 애는 자기 혼자만의 생각으로 말하고 있는 걸까. 그에게서 부탁받은 것일까. ……그에게 그런 마음이 있었다면 어젯밤 나에게 내비쳤을 텐데, 아무 말도 없었다. ……직접 나에게 말하기가 거북하여 토시꼬에게 시킨 걸까. 그렇지 않으면 토시꼬가 마음 내키는 대로 말한 걸까. ……문득 나는 바로 지금 이 시각에, 오오사까의 그 집에서 내가 오기를 기다리는 그의 모습을 그려보았다. ……어쩌면 정말로 오오사까에서 나를 기다릴지도 몰라.— 그런 망상까지 떠올랐지만 설마 그럴 리는 없다고 생각하며 떨쳐버린다. 생각을 떨쳐버리려고 해도 만일 기다리면 어쩌지, 하며 다시 망상이 머릿속에 떠오른다. 그러나 아무리 생각해도 오늘 나는 거기까지 갈 시간이 없다. 그렇게 오래 집을 비울 수 없고, 아무래도 다음 일요일이나 되어야 한다고 생각한다. ……그러나 나는 마음에 걸리는 일이 좀 있어서 "그럼 잠깐 니시끼 근처에서 장을 보고 한시간 안으로 돌아올게" 하며 토시꼬에게 양해를 구하고 세시가 지나 집을 나왔다. 그리고 황급히 택시를 타고 고꼬오마찌 니시끼꼬오지御幸町錦小路까지 달렸다. 나는 먼저 식료품을 사러 나왔다는 증명으로 니시끼 시장에서 밀기울과 유바, 채소를 샀다. 그리고 산조오데라마찌三条寺町까지 걸어서 늘 가던 종이가게에서 큰 판의 안피지 열장과 표지로 사용할 두꺼운 종이 한장을 사서 일기장 크기로 잘랐다. 구겨지지 않도록 잘 포장해서 채소 등이 담겨 있는 장바구니의 맨 아래에 넣었다. 그리고 카와라마찌 길에서 택시를 탔다. ─아니, 채소가게에서 수화기 너머로 그의 목소리를 들은 것도 일기에 적지 않으면 안된다. "아니요, 오늘은 아무 데도 나가지 않고 집에 있었습니다"라고 그는 말했다. 혹시 자신과 만나자고 하지 않을까 기대하는 목소리였지만 일이분간 대화만 했다. ─네시 조금 지나서 집으로 돌아왔다. (한시간보다 조금 더 흘렀는지도 모른다.) 나는 현관의 우산꽂이 뒤에 안피지 꾸러미를 감추고 장바구니는 부엌에 가서 할멈에게 건네주었다. ……환자는 아직 자고 있는 것 같은데 코를 골고 있지는 않았다. ……

  ……내가 마음에 걸리는 일이 있다고 한 것은, 어제 환자가 "당신은 일기를 어떻게 하고 있어"라고 한 그 말이다. 내가 일기를 쓰는 것을

 겉으로는 모르는 척하던 남편이 어째서 갑자기 그 말을 꺼냈을까. 머리가 혼란스러워서 모른 척해야 하는 것을 깜빡 잊은 것일까. 그렇지 않으면 "나는 이제 더이상 모른 척할 필요성을 느끼지 않게 되었다"라는 말일까. 내가 그 순간 답변이 궁해서 "일기 따위는 쓰고 있지 않아요"라고 대답하자 "알았소" 하며 이상한 미소를 지은 것은 "시치미 떼지 마"라는 뜻일까.――어쨌든 남편은 자신의 발병 이후에도 내가 일기를 계속 쓰고 있는지 알고 싶은 것이 분명하고, 일기를 계속 쓰고 있다면 어쨌든 그것을 읽고 싶어하는 것이 분명하다. 이제 훔쳐볼 수가 없는 그로서는 공공연히 나의 허락을 받으려는 마음이 있었기 때문에 그런 말을 흘린 것이 아닐까라고 나는 추측할 수밖에 없다. 그렇다면 그가 공공연히 그런 부탁을 할 때를 생각해서 미리 대비해놓아야 한

열쇠 151

다. 그가 만일 요구한다면 나는 언제라도 올해 정월부터 4월 16일까지의 나의 일기를 꺼내서 그에게 보여줄 용의가 있다. 그러나 17일 이후의 일기가 있다는 사실을 결단코 그가 알게 해서는 안된다. 나는 그에게 말할 것이다. — "이 일기장은 당신이 계속 훔쳐보고 있었으니까 숨길 것도 없지만, 지금 새삼스레 보여줄 것도 없어요. 그래도 보고 싶다면 얼마든지 봐도 돼요. 하지만 읽어보면 알겠지만 16일자로 일기는 끝나요. 당신이 병으로 쓰러진 후 나는 간호하느라 바빠서 일기는 생각지도 못했고, 쓸 만한 일도 없었어요."라고. — 그래서 나는 그에게 17일 이후 공백이 된 일기장을 열어 보여서 그를 안심시켜야 한다. 내가 안피지를 사온 것은 16일까지의 일기와 17일 이후의 일기를 두 권으로 나누어서 다시 제본하기 위해서이다. ……

……낮잠 자는 시간에 외출했기 때문에, 집으로 돌아온 후 오후 다섯시부터 한시간 반 정도 이층에 올라가 있다. 여섯시 반에 일기장을 가지고 내려와서 거실에 있는 머릿장에 넣어두다. 토시꼬는 저녁식사를 마치고 여덟시에 돌아가다. 열시에 코이께 씨를 이층으로 보내다. 열한시, 정원에서 소리가 들리다. ……

4월 25일. ……오전 영시, 배웅하고 나서 뒷문을 단속하다. 그리고 약 한시간 동안 병실에서 코 고는 소리에 귀를 기울이다. 깊이 잠든 것을 확인하고 거실에서 일기장을 제본하기 시작하다. 두권으로 나누어서 16일까지의 일기는 머릿장 서랍에 넣어두고 17일 이후의 일기는 이층으로 가지고 가서 책장에 감추어놓다. 이렇게 하는 데 한시간을 소비하다. 두시 지나 병실로 돌아오다. 환자는 계속 자고 있다. ……

 오후 한시, 코다마 씨 내진. 별다른 변화가 없음. 요새는 혈압이 180에서 190 정도를 오르내리고 있다. 좀더 내려가지 않네요, 하며 코다마 씨가 고개를 갸웃거린다. 낮에는 여전히 편안한 잠을 충분히 잘 수 없는 것 같다. ……
 ……열한시, 정원에서 소리가 들리다. ……

 4월 28일. ……열한시, 정원에서……

 4월 29일. ……열한시, 정원에서……

 4월 30일. ……오후 한시, 코다마 씨 내진. ……다음주 초에 한번 더 소오마 선생님께 보이는 것이 좋겠다고 하다.……
　……열한시, 정원에서……

5월 1일.……발병 이후 세번째 일요일이다.……토시꼬는 지난주 일요일처럼 오후 두시 지나서 나타나다. 그러지 않을까 예상했던 대로다. 아버지의 숨소리를 확인하는 것 같더니 "장도 보고 바람도 쐴 겸 산책이나 다녀와요"라고 조그만 목소리로 권하다. "어떻게 할까?" 하고 내가 주저하자, "아빠는 염려 마요. 지금 주무시고 계시잖아요. ……다녀와요, 엄마. 오늘 세끼덴쪼오 집에는 낮부터 목욕물이 데워져 있어요. 나가는 길에 들러서 목욕하고 와요"라고 하다. 무슨 까닭이 있을 거라고 추측하고 "그럼 한두시간 정도 다녀올게" 하고는 세시경에 장바구니를 들고 나오다. 곧바로 세끼덴쪼오에 가보다. 마담은 집에 없고 키무라가 별채에 혼자 있다. 아까 토시꼬가 전화를 해서 "오늘은 마담이 와까야마和歌山에 갔다가 저녁 늦게 돌아오기 때문에 집이 비는데, 나도 지금부터 환자가 있는 곳에 가니까 미안하지만 두어시간 정도 집을 보러 와주었으면 한다. 저녁때까지는 돌아오겠다"라고 해서 왔다는 것이다. 목욕물이 데워져 있지는 않았지만 목욕물 대신 키무라가 있었던 것이다.……대략 보름 만에 조금 한가하게 이야기할 수 있었지만 왠지 마음이 조급해서 안정이 되지 않았다.……그를 남겨놓고 다섯시에 세끼덴쪼오에서 나왔는데, 시간이 없어서—환자가 깨어나지나 않았는지 걱정이 되어서—바삐 서둘러 근처 시장에서 장을 보고 귀가하다. "잘 다녀왔나요. 빨리 왔네요"라고 토시꼬가 말한다. "아빠는?" 하니까 "오늘은 신기하게 잘 주무세요.

벌써 세시간이 지났어요"라고 한다. 정말이지 코 고는 소리가 크게 들린다. 코이께 씨가 "아가씨에게 맡기고 목욕을 다녀왔습니다"라고 한다. 목욕을 마친 뽀얀 얼굴이 반들거린다. 아, 그랬었나, 코이께 씨는 공중목욕탕에 다녀온 건가, 하며 나는 나도 모르게 놀란다. 왠지 토시꼬가 일을 꾸몄으리라는 생각이 든다.——하긴 남편이 자리에 누운 후로는 집의 목욕물을 두어번밖에 데우질 않았다. 나나 코이께 씨나 할멈은 보통 이틀 아니면 사흘에 한번 낮시간에 공중목욕탕으로 목욕하러 갔고, 오늘쯤은 코이께 씨가 가는 순서여서 목욕탕에 다녀왔다고 해도 이상할 것이 없다. 하지만 토시꼬는 그것을 계산에 넣고 환자와 자기 둘만 있으려고 나를 바깥으로 내보낸 것은 아닐까. 나는 이런 일이 일어나리라고는 미처 생각지도 못했다. 평상시 같으면 당연히 알아차렸겠지만(코이께 씨의 목욕시간은 길어서 오륙십분 정도였던 것으로 나는 알고 있다.) "세끼덴쪼오 집에는 목욕물이 데워져 있다"라는 말에 가슴이 뛰어서 거기까지는 미처 생각하지 못했다.——나는 '아차 실수였구나'라고 생각하면서도 두 사람에게 환자를 맡겨두고 '언제나 하듯이 낮잠을 자러' 이층으로 올라갔다.

나는 곧바로 책장 한쪽에 숨겨놓은 일기장을 꺼내 만약을 위해 잘 살펴보았다. 쎌로판테이프로 봉해놓았더라면 좋았겠지만, 설마 하며 거기까지는 미처 생각하지 못했기 때문에, 훔쳐보았다고 해도 증거를 찾을 수는 없었다.——아니, 역시 의심을 일삼는 나의 망상이 다시 고개를 들기 시작한 거야,라고 나는 그렇게 생각을 고쳐먹었다. 나는 그저 기분 내키는 대로 생각한 것에 불과해, 일기장을 둘로 나눈 일, 뒷부분을 이층 서재 책장에 숨겨놓은 일 등을 그들이 어떻게 알겠어, 나는 그렇게 생각하면서 일단 안심하고 그때는 그렇게 해결된 것이라고 생각했는데, ······저녁 여덟시에 토시꼬가 세끼텐쪼오로 돌아가자 다시 신경이 쓰였다. 나는 부엌으로 가서 할멈에게 오늘 오후 내가 외출한 뒤에 누가 이층 서재로 올라가지 않았는지 물어보았다. 그러자 의외로 "아가씨가 올라갔습니다"라고 한다. 내가 나가고 나서 십오분 정도 있다가 코이께 씨가 목욕탕에 갔고 그리고 곧 토시꼬가 이층으로 올라갔다가 이삼분 후에 내려와 병실로 돌아가서는 "선생님과 무언가 이야기를 나누는 것 같았어요"라고 할멈이 말한다. "그렇지만 환자는 코를 골고 있었을 텐데요" 하니까, "그 코 고는 소리가 딱 멈췄습니다"라고 한다. 그리고 토시꼬가 "선생님과 잠시 이야기를 하고 나서 다시 이층으로 올라갔다가 다시 바로 내려왔습니다. 그후에 코이께 씨가 목욕탕에서 돌아왔습니다"라고 한다. "그렇지만 저녁 무렵 내가 왔을 때에는 환자의 코 고는 소리가 들렸는데"라고 하자, "사모님이 안 계실 때는 그쳤지만 돌아오시기 조금 전부터 다시 시작되었습니다"라고 한다.

어쨌든 의심을 일삼는 나의 망상이 그대로 들어맞았고, 과한 생각이 지나치지 않았다는 것은 잘 알겠는데, 그래도 아직 납득이 가지 않는 부분이 있다. 여기서 일단 오늘 토시꼬가 한 행동을 순서대로 적어 보면 — 오후 세시, 구실을 대고 나를 밖으로 내보내버린다. 이어서 코이께 씨를 목욕탕으로 가게 한다. 그다음에 환자 스스로 눈을 뜨고 토시꼬에게 일렀는지 아니면 토시꼬가 환자를 움직였는지 그 부분이 분명하지는 않지만, 그애는 내 일기장이 거실 머릿장에 들어 있는 것을 알고 그것을 찾아내 환자의 머리맡으로 가지고 온다. 환자가 일기

는 4월 16일자로 끝나 있지만 17일 이후의 것이 반드시 어딘가에 있을 것이며, 자신이 읽고 싶은 부분은 바로 그것이니까 찾아달라고 한다. 그래서 그애는 이층의 책장을 뒤져 일기장을 찾아낸다. 그리고 그것을 병실로 가지고 가서 환자에게 보여준다. 아니면 읽어서 들려준다. 그리고 다시 이층으로 가지고 올라와 원래의 장소에 넣어둔다. 코이께 씨가 돌아오고, 환자는 다시 잠자는 모습을 보인다. 다섯시가 지나서 내가 돌아온다——이런 식이 되겠으나 이만한 일들이 내가 외출한 두어시간 사이에 척척 이루어지다니, 무리하지 않고서야 어렵지 않을까. 그래서 생각난 것이 내가 지난주 일요일(4월 24일)에도 토시꼬의 권유로 오후에 외출했었다는 사실이다. 그렇다면 토시꼬가 이 일에 착수한 것은 그 일요일부터가 아닐까. 이미 환자는 23일 토요일 아침 나와 단둘이 있을 때에 "일-기, 일-기"라고 입으로 말함으로써 내 일기를 읽고 싶다는 의사를 분명히 밝혔다. 그렇다면 24일 오후 내가 외출하고 없는 사이에 토시꼬와 코이께 씨가 있는 앞(그때도 코이께 씨가 목욕하러 갔는지는 알지 못하지만, 할멈은 잘 기억나지 않는다고 한다)에서도 같은 말을 하지 않았다고 누가 말할 수 있으랴. 환자는 나에게 호소해도 들어주지 않으니까 토시꼬에게 호소한 것이다. ─ 이렇게 생각하는 것이 가장 그럴듯할 것이다. 나는 토시꼬에게 일기를 쓴다는 사실을 알게 한 적이 없다. 그러나 토시꼬는 키무라를 통해서, 또는 그렇지 않더라도 이따금 뭔가 감지한 것이 있을 테고 더구나 환자가 그 말을 입에 올린 이상 바로 알아차렸을 것이다. "머릿장─" 하며 환자가 거실 방향을 가리킨다. 토시꼬가 거실로 가서 머릿장을 찾아본다. 그러나 이미 일기장은 거기에 없다는 사실을 알게 된다. "알았다. 분명히 이층이야" 하면서 토시꼬가 이층을 찾아본다. 그런 장면이 나는 상상된다. ─ 어쨌든 그렇게 해서 지난주 일요일에는, 17일 이후에도 일기를 썼다는 사실을 알게 된다. 그리고 이번주 일요일에는 일기장이 조심스럽게 두권으로 다시 제본되어서 한권은 이층에, 한권은 아래층에 있다는 사실을 알아낸다. ─ 그렇다면 불가능한 일도 아니다.

우선 당장 나의 당혹스러움은 만일 이 추측이 맞다면 지금부터 일기를 어떻게 해야 좋을지 하는 것이다. 나는 일단 쓰기 시작한 일기를 이런 난관이 생겼다고 해서 중단할 마음이 없다. 그렇지만 그것 이상으로 누군가의 훔쳐봄을 피할 수 있다면 피하고 싶다. 오늘부터 나는 이층에서 낮잠 자는 시간에는 일기를 쓰지 않으려고 한다. 그리고 늦은 밤 환자와 코이께 씨가 잠들기를 기다려 그때 일기를 쓰고 모처에 숨기려고 한다. ……

6월 9일. ……오랫동안 나는 일기 쓰기를 게을리했다. 나의 일기는 지난달 1일, 그러니까 환자가 두번째 발작을 일으켜서 쓰러지기 전날로 끝나고, 그후 오늘까지 38일 동안 일기 쓰는 일을 그만두었다. 환자가 갑자기 사망해서 당분간 여러가지 처리할 일 때문에 바쁘기도 했지만 그의 죽음으로 인해 우선은 일기를 이어서 써나갈 흥미가—흥미라고 할까, 의욕이라고 할까—없어졌기 때문이다. 그 "의욕이 없어졌다"는 사정은 지금도 변함이 없다. 그래서 나는 앞으로 일기를 쓰지 않을지도 모른다. 적어도 다시 일기를 쓸지 어떨지는 지금으로서는 미정이다. 하지만 올해 1월 1일 이후로 121일 동안 매일같이 써온 일기가 이런 식으로 뚝 끊어진 채로 있으니, 일단 그것에 결말을 짓는 편이 좋을 것 같다는 생각이 든다. 일기의 체제상에서도 그럴 필요가 있다고 생각하며, 죽은 사람과 나의 성생활 투쟁에 대해 이쪽에서 한번 되돌아보고 그 자초지종을 돌이켜보는 것도 헛된 일은 아닐 것이다. 고인이 써서 남기고 간 일기, 그중에서도 1월 이후의 일기와 나의 일기를 자세하게 읽고 비교해보면 투쟁의 자취가 역력하다는 것을 알 수 있지만, 또한 나로서는 고인의 살아생전에 일기에 쓰기를 꺼렸던 일들이 상당히 있어서 마지막으로 그것을 어느정도 보충해 씀으로써 과거의 일기를 마감하고 싶다.

환자의 죽음이 갑자기 찾아온 것은 위에 적은 대로이다. 기록을 나중에 하게 된 사정으로 인해 정확한 시간은 알 수 없지만, 사망한 시

각은 5월 2일 오전 세시 전후일 거라고 생각한다. 당시 간호사인 코이께 씨는 이층에서 자고 있었고 토시꼬는 세끼덴쪼오로 돌아가 병실에는 나만 남아 있었다. 그러나 나는 오전 두시쯤에 환자가 편안하게 코를 골며 자는 것을 보고 조용히 병실에서 빠져나와 거실로 가서, 4월 30일 저녁때부터 5월 1일까지의 일들을 일기에 썼다. 그렇게 한 이유는, 나는 전전날까지, 즉 남편이 발병한 날 이후부터 4월 30일까지는 매일 오후 낮잠 자는 시간을 이용해 이층에서 조용히 전날 오후부터 그날 오후까지 있었던 일들을 기록했지만, 5월 1일 일요일에는 생각지도 않게 비밀로 하고 있었던 두번째 일기장을 환자와 토시꼬가 훔쳐본 사실을 알고, 그날은 늘 정해진 시간에 이층에서 일기 쓰는 일을 그만두고, 그후로는 늦은 밤시간을 이용해 일기를 쓰기로 하고 일기장을 숨길 장소를 바꾸기로 결정했기 때문이다. (바꾸는 장소를 어디로 하면 좋을지 마땅한 곳이 떠오르지 않아서 우선 나는 일기장을 이전의 장소에 넣어두고 그대로 이층에서 내려왔다. 그날 밤 토시꼬와 할멈이 돌아가길 기다려, 코이께 씨가 자러 가기 직전 이층에 일기장

을 가지러 가서 가슴에 품고 내려왔다. 그리고 곧 코이께 씨는 자러 갔다. 나는 그때까지도 적당한 장소가 떠오르지 않아서 난감했다. 오늘 밤 안으로 생각나면 좋을 텐데, 사정이 여의치 않으면 거실 벽장의 천장에 있는 널빤지를 한장 벗기고 그 위에 넣어둘까, 하며 여러 궁리를 하고 있었다.) 그래서 5월 2일 오전 두시가 지난 시간에 거실로 들어가 가슴에 품은 일기장을 꺼내 4월 30일 저녁때 이후의 일들을 적고 있었는데 문득 조금 전까지 들리던 환자의 코골이가 언제부터인가 들리지 않는다는 것을 알아챘다. 병실과 거실은 벽 하나만 가로놓여 있을 뿐인데, 나는 일기를 쓰는 데 정신을 빼앗겨서 그 사실을 모르고 있었던 것이다. 나는 "……오늘부터 나는 이층에서 낮잠 자는 시간에는 일기를 쓰지 않으려고 한다. 그리고 늦은 밤 환자와 코이께 씨가 잠들기를 기다려 그때 일기를 쓰고 모처에 숨기려고 한다. ……"까지 적고 이상한 기분이 들어서 일기 쓰는 일을 멈춘 채 잠시 옆방에 귀를 기울여보았다. 그런데 아무 소리도 들려오지 않는 것 같아서 쓰다 만 일기를 그대로 탁자 위에 두고 일어나 병실로 들어갔다. 환자는 조용히 바로 누워 있고 얼굴을 정면으로 천장을 향한 채 자고 있는 것 같았다. (발병했던 날 내가 안경을 벗기고 나서 환자는 한번도 안경을 쓴 적이 없었다. 대부분 그는 바로 누워서 잠을 잤는데, 그 때문에 더욱 저 '안경을 쓰지 않은 얼굴'을 보게 되는 경우가 많았다.) "같았다"라고 한 것은 병실에서는 스탠드 갓에 천을 씌워서 환자에게 불빛이 직접 가지 않도록 했기에 어두운 곳에 누워 있는 환자의 얼굴을 곧바로 분명하게 볼 수가 없었기 때문이다. 나는 의자에 앉아 우선 숨을 돌리고 어둑한 곳에 있는 환자를 바라보았다. 그런데 이상하리만큼 너무나 조용해서 전등갓의 천을 벗기고 환자의 얼굴에 빛을 비추었다. 환자는 눈을 반쯤 뜨고서 비스듬히 침대 아래쪽의 천장을 주목한 채로 꼼짝도 하지 않았다. '죽은 거야.' ― 나는 그렇게 생각하고 곁으로 다가갔는데 손을 대보니 차가웠다. 머리맡의 시계는 세시 칠분을 가리키고 있었다. 그래서 5월 2일 오전 두시 몇분부터 세시 칠분 사이에 사망했다라는 것만 말할 수 있다. 아마도 자는 사이에 일을 당해서 거의 아무런 고통도 없었을 것이다. 나는 겁쟁이 인간이 공포를 억누르며 심연의 밑바닥을 바라보듯 '안경을 쓰지 않은 얼굴'을 몇분 동안 숨죽여 바라본 다음에 ― 신혼여행 밤의 기억이 갑자기 선명하게 떠올랐다 ― 서둘러서 다시 전등갓에 천을 씌웠다.

다음날 소오마 박사와 코다마 씨는 남편에게 두번째 뇌일혈 발작이 이렇게 빨리 일어날 줄은 예상하지 못했다고 했다. 옛날이라고 하더라도 지금으로부터 십년쯤 전까지는 한번 뇌일혈이 일어나면 그후에 이삼년 혹은 칠팔년이 지나야 두번째 발작이 오는 경우가 많고 대부분의 사람들은 그때 잘못되곤 하는데 최근에는 의술이 좋아져서 그렇

지도 않다. 한번 걸려도 그후로 걸리지 않는 사람도 있고 두번째 걸려도 다시 재기하는 사람도 있으며, 세번 네번 걸려도 천수를 다하는 사람을 종종 볼 수 있다. 댁의 주인어른은 학자답지 않게 건강을 소홀히 하셨고 걸핏하면 의사의 충고를 받아들이지 않아 재발의 염려가 없지 않았으나 이렇게 빨리 닥칠 줄은 몰랐다. 아직 60세도 안되었기에 여기서 일단 건강을 서서히 회복해 앞으로 몇년 잘 조리하면 수십년은 활동을 계속할 수 있으리라고 생각했는데 이런 결과는 의외이다—라고 박사와 코다마 씨는 말했다. 박사나 코다마 씨가 정말로 그렇게 생각했는지는 물론 알 수 없다. 사람의 수명이란 것은 어떤 명의라도 예단할 수 없기에 두 사람이 그렇게 생각했다 해도 이상하지 않지만 솔직히 말해서 나는 대체로 예상한 일이 예상한 때에 일어나서 그다

지 의외라고는 생각하지 않았다. 예상한 일이 예상대로 일어나지 않을 수도 있고 오히려 그것이 보통이지만, 나와 남편의 경우에는 나의 예측이 정확하게 들어맞았다. 그것은 딸인 토시꼬도 마찬가지로 느꼈을 것이라고 생각한다.

그래서 다시 한번 남편의 일기와 나의 일기를 되풀이하여 읽고 대조해 맞춰보면서, 남편과 내가 이런 식으로 나아간 후 이런 식으로 영원히 이별을 고하기까지 일의 자초지종을 지금 숨김없이 돌이켜보려고 한다. 원래 남편은 이미 몇십년 전 나와 결혼하기 이전부터 일기를 썼으니까 그와 나의 관계를 근본적으로 알기 위해서는 오래전부터 기록한 일기를 다시 읽는 것이 순서일 것이다. 그러나 나 같은 사람은 그렇게 큰 일에 손을 댈 자격이 없다. 사다리를 걸쳐야 손이 닿는 이층 서재의 높은 책꽂이에 남편의 일기장이 몇십권이나 먼지에 파묻힌 채 쌓여 있다는 것을 알지만, 나는 그렇게 방대한 기록을 읽을 만큼 끈기가 없다. 고인 자신도 말한 적이 있지만, 작년까지는 나와의 성생활을 가능한 한 일기에 쓰지 않았었다. 그런 그가 나와의 관계를 주저하지 않고 일기에 쓰게 된 것은—그것보다도 정말로 그 일만을 쓰려는 목적에서 일기를 쓰게 된 것은—올 1월 이후이고 동시에 나도 1월부터 거기에 대항하듯 일기를 쓰기 시작했기 때문에, 먼저 할 일은 1월 이후 그와 내가 번갈아 이야기한 부분을 대조하여 보고, 거기서 빠진 부분을 덧붙인다면 두 사람이 어떤 식으로 서로 사랑했고 탐닉했으며, 또한 어떻게 서로를 속이며 곤경으로 몰아넣었는지, 결국에는 누가 누구를 파멸로 이끌었는지가 밝혀질 터이므로 이전 일기는 읽을 필요가 없다고 생각한다. 남편은 올해 1월 1일 기록에서 나를 "천성이 소극적이며 내숭스럽고, 비밀을 좋아하는 구석이 있다"라고 했고 "알고 있는 것도 모른 체하며, 언제나 마음에 담아두고 있는 것을 쉽사리 입 밖으로 내지 않는" 성격의 여자라고 했지만 그건 분명히 적힌 그대로임을 부정할 생각은 없다. 개괄적으로 말하면 나보다 그가 훨씬 정직하며 따라서 그 기록이 틀린 말이 아님을 인정하지만, 그렇다고 해서 그의 말에 거짓이 전혀 없는 것은 아니다. 가령, "아내는 이 일기장이 서재의 어느 서랍에 들어 있는지 분명히 알고 있을 것"이지만 "설마 남편의 일기장을 훔쳐보는 짓은 하지 않겠"다고 하거나, "그러나 반드시 그렇다고 할 수 없는 이유도 있"지만 "올해부터는 읽히는 것을 두려워하지 않기로 했다"라고 했는데, 실은 뒤에 고백한 대로 "오히려 내심 읽히기를 각오하고 기대했"음이 본심임을 나는 예전부터 간파하

열쇠 165

고 있었던 것이다. 1월 4일 아침 그가 책장의 수선화 앞에 일부러 서랍 열쇠를 떨어뜨려놓은 것은 내가 자신의 일기를 읽어주기를 간절히 바란다는 증거이지만 그런 잔꾀를 쓰지 않더라도 나는 예전부터 훔쳐보았음을 여기에 고백한다. 나는 나의 1월 4일 일기에서 "나는 (남편의 일기장을) 절대로 읽지 않을 것이다. 나는 지금까지 스스로 정해둔 한계를 넘어서 남편의 마음속까지 들어가고 싶지는 않다. 나는 내 마음속을 다른 사람에게 알리는 것을 좋아하지 않듯이 다른 사람의 깊은 마음속을 속속들이 아는 것도 좋아하지 않는다"라고 했지만 사실을 말하자면 그것은 거짓말이다. "나는 내 마음속을 다른 사람에게 알리는 것을 좋아하지 않"지만 "다른 사람의 깊은 마음속을 속속들이 아는 것"을 좋아한다. 그와 결혼한 다음날부터 가끔씩 그의 일기를 훔쳐보

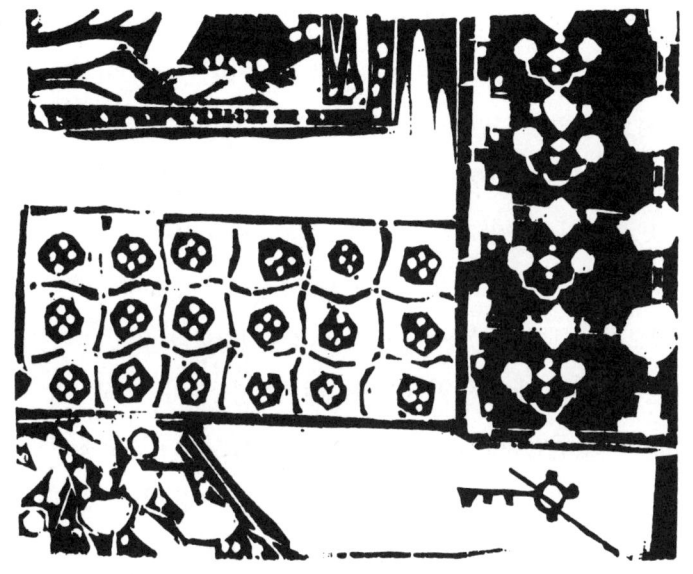

는 습관을 들이기 시작했다. 나는 남편이 "일기장을 작은 책상의 서랍에 넣고 자물쇠를 채운다는 것도, 그리고 그 열쇠를 때로는 서재의 책들 사이에, 때로는 마루의 융단 밑에 숨겨둔다는 것도 오래전부터 알고 있"었고 "일기장을 결코 펼쳐보거나 하지 않는다"라고 말할 정도는 아니었다. 단 그때까지는 우리 부부의 성생활과 관련된 문제가 별로 다루어지지 않았으며 내가 읽기에는 무미건조하고 학문적인 사항이 많아서 좀처럼 공들여 본 적은 없었다. 때로는 페이지를 훌훌 넘겨보는 정도에서, "남편의 일기장을 훔쳐"본다는 사실만으로 어떤 만족감을 느낀 것에 불과했지만, 그가 성생활에 대해서 쓰는 것을 "두려워하지 않기로 했"던 1월 1일 기록부터 나는 당연한 결과로서 그가 적는 내용에 사로잡혔다. 나는 이미 1월 2일 오후 그가 산책하러 나가서 집에 없는 사이에 그날 일기를 읽고 그의 일기 쓰는 방법이 달라졌음을 알았다. 단지 내가 훔쳐본다는 것을 남편에게 감추고 있었던 이유는 선천적으로 "알고 있는 것도 모른 체하"기를 좋아하기 때문만은 아니다. 남편은 내가 훔쳐보기를 원하지만, 읽어도 읽지 않은 척하는 것이 아마도 남편의 주문일 것 같다고 생각했기 때문이다.

 그가 나를 "이꾸꼬, 사랑하고 사랑스러운 나의 아내여"라고 부르고 "무엇보다도 내가 그녀를 마음에서 우러나 사랑한다는 것"은 "거짓이 아니며"라고 한 말은 진실임에 틀림없다고 생각한다. 그 한가지에 대해서 나는 눈곱만큼도 그를 의심하지 않는다. 그러나 동시에 나도 처음엔 남편을 뜨겁게 사랑했다는 것을 알아주었으면 한다. "오래전 신혼여행 저녁에, ……근시 안경을 벗은 그의 모습을 보고 온몸이 오싹해지며 살이 떨렸던 일"도 사실이고 "지금 생각해보면 나는 성격이 나와 가장 맞지 않는 사람을 선택한 것 같"기도 하고 "가끔 그와 얼굴을 마주할 때면 아무런 이유도 없이 속이 메슥거릴 때가 있"는 것도 틀림없는 사실이지만, 그렇다고 해서 그를 사랑하지 않았다고는 할 수 없다. "쿄오또의 고풍스러운 집안에서 태어나 봉건적인 분위기 속에서 성장한" 나는 "부모님의 말씀대로 막연히 이 집으로 시집와서 부부란 이런 것이라며" 살아왔기 때문에 좋고 싫음의 선택 없이 그를 사랑할 수밖에 없었다. 하물며 나에게는 "여전히 시대에 뒤처진 구식 도덕을 중히 여기는 면이 있고 어떤 때에는 그것을 자랑스럽게 여기는 경향도 있"었다. 나는 아무런 이유도 없이 속이 메슥거릴 때마다 남편에 대해서나 돌아가신 나의 부모님에 대해서 그런 마음을 품은 나 자신이 천박하고 죄송스럽게 느껴져서 그런 마음이 일어나면 일어날수록

더욱 거기에 맞서서 그를 사랑하고자 노력했으며, 또 사랑할 수 있었다. 왜 그랬느냐 하면 태어나면서부터 체질적으로 음탕했던 나는 그러한 삶의 태도 외에는 다른 방법으로 살아갈 수가 없었기 때문이다. 당시 내가 남편에 대해 무슨 불만이 있었다면 그것은 남편이 나의 왕성한 욕구를 충분히 만족시켜주지 못했기 때문이지만, 그래도 나는 그의 약한 체력을 탓하기보다는 도가 지나친 나의 음욕을 부끄러워하는 마음이 강했다. 나는 그의 정력이 감퇴하는 것을 애석해하면서도 그 때문에 싫어하기는커녕 한층 사랑을 키워갔다. 그런데 그는 무엇을 생각했는지 올 1월부터 나의 눈을 새로이 뜨게 해주었다. 그가 "이제까지 일기에 쓰길 주저하던 내용들도 과감하게 적어두기로 했다"는 진짜 동기가 무엇이었는지는 잘 모르겠다. "나는 그녀와 직접 성생활에 관한 은밀한 이야기를 나눌 기회를 갖지 못한 데에서 오는 불만을 참을 수 없어서 일기를 쓰게 되었다"라고 하면서 나의 "지나친 비밀주의", 나의 "이른바 '조신함', 그 위선적인 '여성스러움', 저 일부러 꾸민 고상한 취미"에 반감을 품고 그것을 타파하기 위해서 "일기를 쓰게 되었다"라고 했는데 과연 그것만이 이유였을까. 아마도 다른 중대한 이유가 있었을 것이라고 생각하지만, 일기에는 이상하게도 그 점에 관해 명료하게 써놓은 부분이 없다. 혹은 그 자신도 일기가 쓰고 싶어진 그런 마음의 경위, 그로 인해 초래될 결과를 이해하지 못했는지도 모른다. 어쨌든 나는 나 자신이 "많은 여성들 가운데에서도 매우 드물게만 존재하는 물건의 소유자라는 사실"을 비로소 알게 되었다. "만일 옛날 시마바라 같은 기루에서 몸을 팔았"던 여자라면 "분명히 세상의 평판을 얻어 무수한 손님들이 다투어" "주위에 모여들"었을 것이라는 점을 처음으로 알았다. 그런데 "이 사실을 그녀가 모르도록 하는 게 내게 좋을 것이다. 그녀가 그 점을 자각하면 적어도 나 자신에게는 불리할 테니"라고 했음에도 불구하고 그가 굳이 불리함을 무릅쓰기로 마음먹은 것은 왜일까. 그는 나의 "장점을 생각만 해도 질투를 느낀다. 만일 나 아닌 다른 남자가 그녀의 장점을 안다면, ……어떤 일이 일어날까" 불안하다고 했지만, 불안을 일부러 감추지 않고 일기에 적었다는 사실은 어쩌면 내가 일기를 몰래 읽고, 그를 질투하게 할 만한 행동을 보여주리라 기대했기 때문은 아닐까 하고 나는 이해했다. 나의 추측이 맞다는 사실은 "나는 질투를 남몰래 즐기고 있었다" "나는 질투를 느끼면 그 방면의 충동이 일어난다" "질투는 어떤 의미에서는 필요하기도 하며 쾌감을 불러일으키기도 한다"(1월 13일) 등의 말로 명확해졌지만, 이는 이미 1월 1일의 일기에서 어렴풋이 상상할 수 있었던 것이다. ……

6월 10일. ……1월 8일자에 나는 이렇게 썼다. "나는 남편을 아주 싫어하지만 그에 못지않게 아주 사랑한다. 나는 사실 남편과 성격이 맞지는 않"는다고. 그리고 또 이렇게도 적었다. "그렇다고 해서 다른 사람을 사랑할 마음은 없다. 나에게는 오래된 정조관념이 확고하게 자리잡고 있어서 거기에 반하는 것은 태생적으로 가능하지 않다. 나는 남편의 그 ……애무에는 몹시 당황스럽지만 그가 나를 열광적으로 사랑해주는 것이 확실하기에 그것에 대해 어떻게든 보답하지 않으면 미안한 마음이 든다"라고. 돌아가신 부모님에게 엄격한 유교적 교육을 받은 내가 적어도 남편의 험담을 적을 마음이 생긴 것은, 이십년 동안 이어져온 낡은 도덕관념에 묶여서 남편에 대한 불만의 감정을 무리하게 억압했던 탓도 있지만, 무엇보다도 남편을 질투하게 만드는 것이 결국 그를 기쁘게 하는 방도가 되고, 그것이 '정녀'의 길로 통한다는 점을 미숙하게나마 이해하기 시작했기 때문이다. 그러나 나는 아직 남편을 "아주 싫어한다"라거나 "성격이 맞지는 않다"라고 한 것에 불과하며, 바로 그다음에 "다른 사람을 사랑할 마음은 없다", 남편에 "반하는 것은 태생적으로 가능하지 않다"라는 나약한 소리를 하고 있다. 나는 이미 그 무렵부터 잠재적으로는 키무라를 사랑했는지 모르나, 나 자신은 그것을 알지 못했다. 나는 남편에게 정절을 다 바치기 위해 그의 질투를 유발하는 말을 마지못해 조심스럽게 그리고 매우 에둘러 했을 뿐이다.

그러나 1월 13일에 "키무라에 대한 질투를 이용해서 아내를 즐겁게 하는 데 성공했다" "그런 식으로 애써 나를 자극하는 것이 그녀 자신의 행복을 위해서이기도 하다고 생각해주었으면 한다"라는 말, "나는 나를 미치도록 질투하게 만들고 싶다" "아내가 상당히 아슬아슬한 지경까지 가도 좋다. 아슬아슬하면 할수록 좋다" "다소 의심을 품는 정도까지도 좋다. 그 정도까지 가기를 바란다"라는 말이 적혀 있는 것을 읽고 나서 나는 급격하게 키무라라는 존재에 대해 생각하게 되었다. "적어도 아내는 ······ 자신은 두 젊은이를 감독한다고 여길지 모르지만 사실은 키무라를 사랑하고 있다는 생각이 든다"라고 7일자에 남편이 쓴 부분에서는 오히려 "불쾌한" 느낌이 들었고, 아무리 남편이 부추긴다고 하더라도 그런 도리에 어긋난 일을 하는 것이 가능할까라는 반발심이 들었지만 "아슬아슬하면 할수록 좋다"라고 말한 대목에 이르러 내 마음이 급속하게 돌아섰다. 내가 스스로 의식하기도 전에 키무라를 좋아하는 기색을 보여서 남편이 부추긴 것일까, 내가 부추김을 당해서 없던 감정이 생겨난 것일까, 그것은 잘 모르겠다. 그러나 나의 호기심이 키무라를 향해서 기울어졌다는 것을 명료하게 의식하기 시작하면서도 얼마 동안은 남편을 위해 "마지못해" 그와 같이 "애쓰고" 있는 것이라며 자신을 속였다.— 그래, 나는 지금 "호기심"이라는 낱말을 사용했는데, 당시에 나는 남편을 기쁘게 해주기 위해 남편이 아닌 다른 사람에게 약간의 호기심을 가져본다는 식으로 나 자신을 타일렀던 것이다. 1월 28일 처음으로 인사불성이 되었을 때의 심리상태를 말한다면, 키무라에 대한 나의 마음이 남편을 위한 것인지 나 자신을 위한 것인지, 그 경계를 그날 밤 무렵부터 나 자신도 알 수 없게 되

어서 그 괴로움을 잊으려고 했던 것이다. 그날 밤부터 29일, 30일 아침까지 나는 쭉 잠을 잤다. "그녀의 성격으로 보아 정말로 깊이 잠들었는지 아니면 잠든 척하는 건지는 잘 모르겠다"라고 남편이 일기에 적었던 그 이틀간, 나는 결코 "잠든 척하는" 행동은 안했지만 그렇다고 완전히 의식을 잃었다고 말하기는 어렵다. 그날 자다 깨다 하는 상태가 계속된 것은 당시 일기에 적은 그대로이다. "그녀의 입에서 '키무라 씨'라는 한마디가 잠꼬대처럼 흘러나온" 것에 대해서는 좀더 설명을 할 필요가 있다. 그것은 "진정 잠꼬대인지 잠꼬대인 척하며 일부러 나에게 들으라고 한 말인지" 어느 쪽인가 하면 그 중간 정도였다고 해두자. 나는 "잠에 취해 키무라와 관계를 갖는 꿈을" 꾸었고, 그 순간 "키무라 씨" 하고 잠꼬대를 한 것은 몽롱한 의식 속에서도 느낄 수 있었다. '아아, 한심한 말을 내뱉고 있네'라고 생각하면서도 나는 그 말을 내뱉고 있었던 것이다. 그리고 이런 말을 남편에게 들으니까 창피하기도 했지만 한편으로는 듣게 되어서 좋다고 생각했다. 그러나 다음날 밤, "'키무라 씨'라는 한마디가 오늘밤에도 그녀의 입에서 새어 나왔다. 그녀는 오늘밤에도 같은 꿈과 같은 환각을 같은 상황에서 본 것일까"라고 했던 30일 밤은 상황이 다르다. 그날 밤 나는 확실히 어떤 목적을 가지고 잠든 척하며 잠꼬대처럼 보이도록 그 말을 했다. 확실한 의도와 계획을 가지고 있었다고까지는 말 못하겠지만— 역시 조금은 잠에 취해 있었는지도 모르지만— 잠에 취해 있다는 사실을 의식하면서 양심을 마비시키는 데에 그것을 이용했던 것이다. "나는 그녀에게 우롱당했다고 생각해야 하는 것일까"라고 남편은 말하고 있지만, 어쩌면 그렇게 이해하는 것이 옳을지도 모른다. 그 잠꼬대에는 "키무라 씨와 이런 방식으로 맺어졌으면" 하는 바람과 "남편이 저 사람을 나에게 소개해주었으면" 하는 바람, 두가지 소망이 모두 담겨 있음이 틀림없고, 이를 알리기 위해서 그 말을 했던 것이다.

  2월 14일에 키무라는 남편에게 폴라로이드 사진기가 있다고 말했다. "그런 기계가 있다는 사실을 알려주면 내가 기뻐하리라는 것을 키무라는 어떻게 알았는지 불가사의하다"라고 말하고 있는데 그것은 나도 불가사의하다. 남편이 나의 나체를 찍고 싶어한다는 사실은 나도 눈치채지 못하고 있던 것이다. 만일 알고 있었다고 해도 그런 사실을 키무라에게 알려줄 기회는 없었다. 당시에 나는 매일같이 밤에 만취하여 키무라의 팔에 매달리거나 안겨서 방으로 옮겨졌지만 부부간의 비밀스러운 유희에 관한 것은 고사하고, 허물없는 의논 등을 그

와 주고받은 일도 없었다. 사실대로 말하면 술에 취했을 때 부축해주는 사이였을 뿐으로 남편의 눈을 속여가며 이야기할 기회 따위가 있었을 리 만무했다. 나는 오히려 토시꼬가 수상하다고 생각하고 있었다. 키무라에게 그런 암시를 할 사람이 있다면 토시꼬를 제외하고는 달리 없다. 그녀는 2월 9일 세끼덴쪼오로 나가서 살겠다는 뜻을 밝히며 조용한 장소에서 공부하고 싶다는 이유를 댔지만, '조용한 장소'를 갖고 싶다는 말은 심야에 부모의 침실에서 때때로 휘황한 전등이 밝혀져 있고 형광등 램프가 반짝이는 데에 기겁했다는 의미임을 추측하기란 어렵지 않은 일이다. 아마 그녀는 형광등에 비치는 침실 내의 광경을 밤마다 엿보았을 것이 틀림없지만—스토브가 활활 소리를 내며 타오르고 있어서 발소리를 죽이기에 좋았을 것이다—그렇다면

열쇠 175

나를 나체로 해놓고 여러 자세로 바꾸어 누이며 한없이 희열감을 맛보던 남편의 행동까지도 모조리 보았으리라고 상상할 수 있다. 또한 그렇다면 그녀가 본 것을 키무라에게 이야기했을 것이라고 쉬이 상상할 수 있다. 이런 상상이 맞다는 것은 훗날에 이르러 밝혀지지만 나는 14일자 남편의 일기를 읽었을 때 대체로 거기까지는 헤아리고 있었다. 결국 당시의 내가 알몸 상태로 남편에게 희롱당한 사실을 나 자신보다 토시꼬가 먼저 알고 키무라에게 이야기했던 것이다.

그렇다고는 해도 키무라는 무엇 때문에 "그런 기계"가 있다는 사실을 남편에게 가르쳐주어 나의 벗은 몸을 촬영할 것을 시사했던 것일까. 이 일에 관해서는 아직 키무라에게 물어보지 않았지만 헤아려보면 한편으로는 남편에게 그런 정보를 주어 남편의 환심을 사고 싶었을 것이다. 그러나 다른 한편으로 나중에 남편이 촬영한 나체사진을 자신이 손에 넣을 수 있으리라고 기대했기 때문일 것이다. 그리고 그 기대가 주목적이었을 테고, 남편이 결국 폴라로이드로 만족하지 못해 차이스 이콘을 사용하게 되고, 찍은 사진을 현상하는 역할이 자신에게 돌아올 것임을, 세세한 앞일까지는 어떨지 모르겠지만 대략 그런 일이 일어날 것임을 키무라는 아마도 짐작했을 것이다.

2월 19일에 "토시꼬의 심리상태를 나로서는 헤아릴 수가 없다"라고 적었는데 실은 어느정도는 감을 잡고 있었다. 지금 이야기한 여러 정황으로 보아 나는 그녀가 우리 부부의 침실 모습을 키무라에게 누설했으리라고 대강 짐작하고 있었다. 그녀는 키무라를 마음속으로 몰래 사랑하고 있었고 그렇기 때문에 "내심 나에게 적의를 품고 있는" 것도 알고 있었다. 그녀는 "엄마는 선천적으로 섬세하고 유약해서 지나친 방사를 견뎌내지 못하는데 아버지가 억지로 요구"하고 있다고 생각해, 그 점에서는 나의 건강을 걱정하고 아버지를 미워했지만 아버지가 묘한 호기심에서 키무라와 나를 맺어지도록 해 키무라와 내가 그것을 거부하지 않는 모습을 보이자 아버지도 미워하고 나도 미워했다. 나는 토시꼬의 이런 마음을 일찍부터 눈치채고 있었다. 단지 나 이상으로 음험한 그녀는, "자신이 엄마보다 이십년이나 젊은데도 용모나 맵시에서 엄마보다 못하다는" 사실을 알고 있고, 키무라의 사랑이 엄마에게 더 많이 쏠리고 있다는 것을 아는 까닭에 먼저 엄마를 중개해주면서 서서히 계책을 궁리했다는 사실을 나는 알고 있었다. 그러나 두 사람을 중개하는 데에 그녀와 키무라 사이에 미리 어느정도 연락이 있었는지는 지금까지도 잘 알지 못한다. 예를 들면 그녀가 세끼덴쪼오에 방을 빌린 까닭이 형광등 불빛에 질려버렸기 때문만이 아니라, 키무라의 하숙집이 가깝다는 것도 처음부터 계산에 있었으리라 생각되는데, 그렇다면 그것은 키무라의 꾀였을까, 그녀가 단독으로 생각해낸 것이었을까. 토시꼬가 제멋대로 밥상을 차렸고, 키무라는 "나는 차려놓은 밥상 위에 있는 젓가락을 들었을 뿐이다"라고 하지만, 실상은 어떤 것일까. 나는 그 점에 대해서는 지금도 키무라를 믿지 않는다.

    토시꼬가 나를 질투했듯이 나도 내심 토시꼬에 대해 상당히 강한 질투를 느끼고 있었다. 그럼에도 불구하고 나는 되도록 그것을 사람들이 눈치채지 못하게 했으며 일기에도 적지 않았다. 그것은 타고난 음험함 때문이기도 하지만, 그보다는 내가 딸보다 낫다는 자신감이 있었기에 그 자존심에 스스로 상처를 내고 싶지 않았기 때문이다. 또

한가지는 내가 토시꼬를 질투하는 이유—키무라가 그녀도 사랑할지 모른다는 의심—를 남편이 알게 될까봐 무엇보다도 두려웠던 것이다. 남편 자신도, "만일 내가 키무라여서, 누구에게 더 관심이 가느냐라는 질문을 받는다면 나이는 들었지만 확실히 엄마 쪽일 것이다"라고 하면서 "그러나 키무라는 아무 말도 하지 않는다"며 "우선 엄마의 환심을 사서 엄마를 통해서 토시꼬의 마음을 움직이려고" 하는지도 모른다고 다소 의심한 적이 있었다. 나는 남편이 그런 의심을 품는 것이 가장 싫었다. 키무라는 오로지 나만을 사랑하고 있고 나를 위해서라면 어떠한 희생도 아끼지 않을 것이라고 남편이 생각하도록 만들고 싶었다. 그러지 않으면 키무라에 대한 남편의 질투가 외곬으로 강렬해지지 않을 것이기 때문이다.

6월 11일. ……남편은 2월 27일에 "역시 추측한 그대로였다. 아내는 일기를 쓰고 있었다"라고 하고 "며칠 전에 어렴풋이 눈치를 챘다"라고 했지만 실제로는 훨씬 전부터 분명히 알고 있었으며 또한 내용도 몰래 읽었으리라고 생각한다. 나 역시 "자신이 일기를 쓰고 있다는 사실을 남편에게 들키는 바보짓은 하지 않는다" "나처럼 다른 사람에게 속내를 말하지 않는 사람은 하다못해 자기 자신에게 그것을 말하거나 들려줄 필요가 있다"라고 한 것은 새빨간 거짓말이다. 나는 남편이 나의 일기를 몰래 읽어주기를 바라고 있었다. "자기 자신에게 들려"주고 싶었던 것도 사실이지만 남편에게 읽히는 것도 목적의 하나였다는 점을 밝혀둔다. 그렇다면 무엇 때문에 소리가 나지 않는 얇피지를 사용하고 쎌로판테이프로 봉해두었느냐 하면 쓸데없이 그런 비밀주의를 취하는 것이 타고난 취미였다라는 말 이외에는 달리 할 말이 없다. 이 비밀주의는 나의 이것을 그렇지 하면서 비웃는 남편도 마찬가지이다. 남편이나 나는 서로가 일기를 훔쳐본다는 사실을 알면서도 도중에 몇 개의 장애물을 설치하고 장벽을 만드는 등 가능한 한 번거롭게 만들었다. 그리고 상대가 과연 표적에 도달할 수 있을지 모호하게 만들었다. 그것이 우리의 취미였다. 내가 번거로운 절차를 싫어하지 않고 쎌로판테이프 등을 사용한 것은 나뿐만이 아니라 남편의 취미에도 부합했기 때문이다.

나는 4월 10일이 되어 처음으로 남편의 건강이 심상치 않다는 사실을 일기에 다음과 같이 적었다. "남편은 그의 일기에 그 자신의 우려스러운 건강상태에 대해 뭐라고 적어놓았을까. ……그의 일기를 읽지 않는 나로서는 상상할 수도 없지만, 실은 한두달 전부터 그의 상태가 이상해졌다는 사실을 나 역시 느끼고 있었다"라고. 남편 자신이 이 일을 고백한 것은 3월 10일 일기에서지만, 실제로는 그가 스스로 눈치채기 전에 내가 먼저 알았다고 생각한다. 그러나 나는 여러가지 이유에서 처음에는 일부러 모른 척했다. 그것은 남편이 괜히 신경과민이 될까봐 두려웠기 때문이고, 그보다는 신경과민의 결과로 남편이 성행위를 삼갈까봐 두려웠기 때문이다. 나는 남편의 목숨이 걱정되기는 했어도, 지칠 줄 모르는 성행위에서의 만족을 채우는 쪽이 더 절실한 문제였다. 나는 어떻게 해서든지 그에게 죽음의 공포를 잊게 하고 "키무라라는 자극제"를 이용해 질투를 부추기는 일에 혈안이 되어 있었다. ……그러나 이러한 나의 마음은 4월이 되어 조금씩 변해갔다. 3월 중에 나는 자주 아직까지 "마지막 선"을 고수하고 있다고 일기에 적었고, 남편에게 나의 정절을 믿도록 하려고 애썼으나, "아슬아슬한 지경까지" 가까이 갔던 나와 키무라가 최후의 벽을 진짜로 허문 때는 솔직히 말하면 3월 25일이었다. 다음날인 26일 일기에 나와 키무라의 뻔한 문답이 적혀 있는데 그것은 남편을 속이기 위해 거짓으로 꾸민 것이었다. 그리고 내가 마음에 중대한 결의를 한 것은 4월 상순인 4일, 5일, 6일 무렵이라고 생각된다. 남편이 유도하는 대로 한 걸음 한 걸음 타락의 늪으로 빠져들던 나였지만, 계속 그때까지는 남편의 요청을 거역하기 어려워 고통을 참으며 불륜을 저지르는 것처럼 — 그렇게 해서 그것은 옛 도덕관념에 비춰보더라도 부인의 귀감으로 추앙받을 만한 모범적 행위인 것처럼 — 나 자신을 속였지만, 그 무렵부터 나는 위선의 가면을 완전히 벗어던지고 말았다. 나는 단호하게 나의 사랑이 키무라에게로 향한다는 사실, 남편에게로 향하는 것이 아님을 스스로 인정했다. 4월 10일 "몸 상태가 안 좋은 것은 남편만이 아니라 실은 나도 마찬가지"라고 적은 것은 다른 꿍꿍이가 있어서이고 실제로 나의 건강에는 아무런 이상이 없었다. 다만 "토시꼬가 열살 무렵에 두어번 정도 객혈을 한 경험이 있고 폐결핵 2기에 해당된다며 의사가 주의를 준" 것은 사실이지만 그래도 "의사의 충고를 무시하고 건강을 전혀 돌보지 않았"는데 운 좋게도 "걱정할 것 없이 자연스럽게 치료되었"고 그 이후에도 재발하지 않았다. 따라서 "2월 어느날, 예전과 똑같이 거품이 섞인 선홍색 피가 가래와 함께 나"온 것도, "날마다 오후가 되면 피로가 엄습해"왔고 "가슴이 가끔 쑤"셨다는 것도, "이번에는 서서히 상태가 나빠져서 낫기 어려울지도" 모르며 어쨌든 "예사롭지 않다"라는 느낌도 모두가 아무런 근거가 없는 거짓으로 남편을 하루

라도 빨리 죽음의 구렁텅이에 빠뜨릴 요량으로 적은 것이었다. 나도 목숨을 걸고 있으니 당신도 그런 마음을 가지세요라는 말을 나는 남편에게 들려줄 목적이었던 것이다. 그로부터 이후의 내 일기는 오로지 그 목적으로 쓰였으며, 쓰는 것만이 아니라 경우에 따라서는 객혈을 하는 흉내까지 연출해 보이려고 준비를 했다. 나는 그를 숨돌릴 틈도 없이 흥분시켜 끊임없이 혈압이 치솟도록 모든 수단을 사용했다. (처음 발작을 일으킨 이후에도 나는 조금도 늦추지 않고 그의 질투를 유발할 잔꾀를 부렸다.) 그의 육체적 파멸이 얼마 남지 않았다는 것은 키무라가 훨씬 이전부터 넌지시 알려주었는데 나도, 그리고 아마 토시꼬도 키무라의 그런 날카로운 직관력을 어설픈 의사의 진단보다도 믿고 있었다.

열쇠 181

그건 그렇고 나의 몸에 음탕한 피가 흐른다는 사실을 부정할 수는 없다 하더라도 남편을 죽이려고까지 계획하는 마음이 잠재해 있었다는 사실은 어찌 된 일일까. 도대체 그런 마음이 언제 어느 틈에 파고들었을까. 죽은 남편처럼 성격이 꼬이고 병적이며, 사악한 정신으로 집요하게 조금씩 뒤틀리면, 아무리 착한 마음씨를 지녔다고 해도 결국에는 비뚤어지고 마는 걸까. 그렇지 않고 나의 경우 고지식하고 봉건적인 여자로 보인 것은 환경과 부모의 가정교육 탓으로, 원래는 무서운 마음을 가지고 있었던 것일까. 이 역시 잘 생각해보지 않으면 어느 쪽이라고 말할 수 없는 문제이다. 이와 동시에 나는 종국에는 역시 죽은 남편에게 매우 충실한 사람이었다. 남편은 그의 희망대로 행복한 일생을 살았다고 말하지 못할 것도 없다.

토시꼬나 키무라의 행동에도 지금으로서는 의문점이 많이 있다. 내가 키무라와 만나는 장소인 오오사까의 집은 "어디 없을까요 하고 키무라 씨가 물어서" 토시꼬가 "친구 중에 노는 애"한테서 듣고 가르쳐 준 것이라고 하는데 정말 그것만이 진실일까. 토시꼬도 그 집을 누군가와 사용한 적이 있고 지금도 사용하고 있는 것은 아닐까.

키무라의 계획으로는, 앞으로 적당한 시기를 봐서 그가 토시꼬와 결혼하는 형식을 취해서 나와 셋이서 이 집에서 살고, 토시꼬는 세상 사람들의 눈을 속이기 위해 기꺼이 엄마를 위해 희생을 감수한다,라는 것으로 되어 있지만. ……

작품해설

성을 둘러싼 인간존재의 불투명성

『열쇠(鍵)』는 타니자끼 준이찌로오(谷崎潤一郎)가 70세에 발표한 작품이다. 1956년 1월에 일본의 종합잡지『중앙공론(中央公論)』에 연재 1회분이 실리자마자 문단의 주목을 받았으며, 이후 3개월의 공백을 거쳐 5월호에 연재 1회와 함께 2회분이 게재되면서 사회적으로 커다란 반향을 불러일으켰다. 12월까지 9회가 연재되는 동안 아직 완결되지 않은 작품을 두고 '외설인가 문학인가' 하는 논쟁이 벌어진 것은 그 예를 찾기 쉽지 않을 것이다.

이 무렵 문학활동을 시작한 지 50년 가까이 된 타니자끼 준이찌로오는 1949년에 아사히문화상과 문화훈장을 받은 대작가이자 노작가로서 확고부동한 명성을 얻고 있었다. 그런 작가가 56세의 남편과 45세의 아내 사이에 벌어진 적나라한 섹스를 작품화했으니 그 파장이 만만치 않았다. 작가 자신도 이 문제가 국회에서까지 논란이 되자 당혹감을 감추지 못했다고 한다. 『열쇠』에 등장하는 남편은 대학교수로 고혈압이 있어 건강에 신경쓰는 것 말고는 어느 것 하나 부족함 없는 삶을 사는, 중년을 넘긴 남성이다. 아내는 전통의 고장 쿄오또에서 엄격한 가정교육을 받고 자라 여성은 조신해야 한다는 유교적 도덕관념에 여전히 사로잡혀 있는, 고상함과 기품을 겸비한 중년 여성이다. 이들 사이에는 과년한 딸이 하나 있고, 그 딸과 교제하고 있는 젊은 남성이 이들의 집에 드나들고 있다. 이렇게 『열쇠』에 등장하는 주요 인물 네명은 평범한 가족의 틀 안에 존재한다. 그런데 작품에서 이들의 관심은 온통 부부의 '침실'에 쏠려 있고 이들 중 어느 한 사람도 선한 인간으로 등장하지 않는다. 모두가 자신의 욕구만 충족시키려는 인물로 행동하는 것이 이 작품의 특징 중 하나이다.

부부의 성생활이 소설 서두부터 거침없이 그려지자 2회분이 연재된 직후 1959년 4월 29일에 발행된 시사 잡지 『주간 아사히』는, 「어떤 풍속시평, 외설과 문학 사이」라는 제목으로 『열쇠』에 관한 기사를 싣기도 했다. 이어 5월 10일 매춘방지법안을 심의하던 국회의 중의원 법무위원회에서 『열쇠』를 읽고 놀란 한 의원이 "노인들이 문예의 이름 아래 저런 장난을 치는 데에는 유감"이라고 말하면서 "오늘날 구식 도덕이 상실되고 신식 도덕이 아직 확립되지 않은 때에 저런 일이 범람하는 것은 유감천만이다"라고 했다. 이 의원은 또한 사춘기 청소년들이 "춘화(春畵)를 글로 읽는 것 같은" 상황에 노출된 점을 우려했다고 5월 12일자 『마이니찌 신문』은 「국회, 예술을 논한다」라는 제목의 기사에서 쓰고 있다. 국회에서는 작가를 불러 따지자는 의견까지 나왔다고 한다. 이렇듯 『열쇠』는 단 2회 연재로 '풍기문란'의 낙인이 찍혔던 작품이다.

젊은 시절의 타니자끼 준이찌로오는 「표풍(颱風)」(1911)이라는 단편에서 성욕의 흉포성을 묘사해 작품이 판매금지를 당한 일이 있었다. 이 작품은 일본미술을 공부하는 24세의 청년이 억지로 사창가에서 여자를 경험한 뒤 섹스에 빠져 한달 만에 극도로 몸이 쇠약해지자, 금욕을 맹세하고 반년 동안 여행하며 원기를 회복했으나 다시 돌아와 성욕을 발산하다가 흥분에 사로잡혀 뇌졸중으로 죽는다는 줄거리를 담고 있다. 이렇듯 「표풍」은 성적 능력이 저하된 남편이 아내와의 섹스에만 정신을 쏟다가 결국 아내와 관계하던 중 뇌일혈로 쓰러져 죽는다는 『열쇠』의 내용과 흡사하다. 타니자끼 준이찌로오는 일찍부터 '성'을 도덕이라는 이름하에 통제하고 현실적인 인간의 삶과 대립시키려 하는 현실 정치와 대립각을 세웠고, 초기에 발표된 여러 작품에서 이러한 주제를 다뤄 판매금지 조치를 당하기도 했다. 인간이 '성'을 추구하는 것은 본능적 욕망이자 생식행위로, 인간에게 성이 어떤 것이냐라는 물음은 우문일 수 있다. 타니자끼 준이찌로오는 이 우문을 문학적으로 형상화한 작가였다. 성을 문학의 주제로 다루는 이상, 성을 매개로 합쳐지고 갈라지는 남녀가 등장하는 것은 당연할 것이다. 그리고 성을 둘러싼 남녀관계에서 우위에 서 있는 쪽은 도덕을 강조하는 남자가 아니라, 여자라는 사실을 작가는 『열쇠』뿐만 아니라 다수의 작품에서 보여주고 있다. 그가 '마조히즘'의 작가라 불린 것은 여성에게 굴복하는 남성을 묘사하는 데 치중했기 때문이다.

일본 자연주의 문학의 대표작으로 알려진 타야마 카따이(田山花袋)의 『이불(蒲團)』이 발표된 것은 1907년이었다. 자연주의 문학은 타니자끼 준이찌로오가 문단에 등장하던 무렵 일본 문학계를 석권하고 있었다. 『이불』은 아름다운 여제자에 대한 중년 작가의 은밀한 연정을 그린 작품으로, 여제자가 떠나자 그녀가 사용하던 잠옷과 이불에 얼굴을 파묻고 우는 마지막 장면은 지식인의 추태를 그린 것이라고 하여 당시 쎈세이션을 불러일으켰다. 마지막 장면의 심리묘사는 여제자에게로 향하는 생리적 성욕을 억제하는 중년 남성의 비애를 그리고 있다. 『이불』은 작품 저변에 여성은 성욕의 대상에 지나지 않으며 이런 여성을 소유하지 못한 남성은 절망에 이른다란 생각이 흐르고 있다.

3년 뒤인 1910년 타니자끼 준이찌로오는 「문신(刺靑)」으로 일본 문단의 총아가 된다. 자연주의 문학의 종언을 알리는 「문신」에서 주목할 점은 남성이 기꺼이 여성의 '먹이'가 되기로 작정하며 여성에게 굴복한다는 설정이다. 일본 근대문학에서 남성 작가에 의해 그려진 여성의 '성'은 남성이 지배하는 사회에서 좌절을 하는 것으로 묘사되곤 했다. 자아의 긍정을 외친 아리시마 타께오(有島武郎)는 1919년에 발표한 『어떤 여자(或る女)』에서 봉건적 인습에서 탈

피하고 자아에 눈뜬, 강한 개성을 지닌 인물을 창조해냈으나 결국 성욕을 주체하지 못하고 자멸하는 여성상만 보여주었을 뿐이다. 타니자끼 준이찌로오는 오히려 남성의 성욕이 여성 앞에서 무너지는 상황을 「악마(惡魔)」(1912) 「여인신성(女人神聖)」(1917) 「후미꼬의 발(富美子の足)」(1919) 「치인의 사랑(痴人の愛)」(1924) 「만(卍)」(1928) 등에서 형상화했다. 남성은 성욕으로 인해 여성 앞에 기꺼이 무릎을 꿇거나 자멸의 길로 빠져든다. 타니자끼 준이찌로오는 성욕이 파괴적일 수밖에 없다는 인식에 가장 예리하게 도달했던 작가라고 할 수 있다. 그는 인간이 불투명한 자기 내면에 감춰두고 싶은 성욕을 작품의 모티프로 삼았다. 그는 추악함과 괴이함 속에서 '미'를 발견하는 경향이 강했기 때문에 '악마'라는 작품명이 시사하듯 초기에 그에게 붙은 레테르는 '악마주의 작가'라는 것이었다.

『열쇠』는 성욕이 인간을 죽음에 이르게 하는 위험한 힘을 갖고 있음을 보여주는 소설이다. 『열쇠』의 형식도 여느 소설과는 다른 구조를 가지고 있다. 서로서로 읽히는 것을 전제로 한 남편과 아내의 일기는 남편의 '성'과 아내의 '성'이 경합을 벌이는 양상으로 전개된다. 소설 말미에 아내는 죽은 남편을 떠올리면서 두 사람 간에 벌어진 일을 '성생활의 투쟁'이라고 부른다. 일본에는 '일기문학'이라는 장르가 있다. 헤이안(平安) 시대(794~1192)에 귀족 여성에 의해 성립된 일기문학은 일기라는 형식을 빌려 일상과 애정에 관한 자기의 속마음을 기록하는 장르이다. 『열쇠』는 6개월 동안의 남편과 아내의 일기로 이루어져 있다. 4월 17일에 쓰러져 몸에 마비가 와서 병상에 누워 있다가 5월 2일에 사망하는 남편의 일기는 4월 15일자로 끝난다. 4월 15일까지는 남편과 아내가 서로 일기장에 '성생활의 투쟁'을 낱낱이 기록하고 있는 셈이다. 일기는 본디 공표되지 않는 것을 전제로 하지만, 두 사람의 일기는 서로에게 읽힌다는 암묵적 전제하에서 쓰인다. 이 전제가 바로 심리적인 경합 양상으로 나타난다. 그런데 아내의 일기는 6월 11일까지 이어진다. 남편이 쓰러진 4월 17일 이후에 쓴 아내의 일기는 누구에게 읽혔을까. 혼수상태에서 잠깐씩 깨어난 남편이 아내의 일기를 찾아서 읽을 수는 없었을 터인데, 남편은 병상에서도 아내의 일기에 계속 신경을 곤두세운다. 4월 23일자 아내의 일기에는 병상의 남편이 아내에게 '당신의 일기'에 대해 묻는 장면이 나온다. 다음날 아내는 4월 16일까지 쓴 일기라면 몰라도 그 이후에 쓴 일기의 존재를 남편이 알아차리면 안된다고 생각하고, 17일 이후의 것을 분철하여 두권으로 제본하려 한다. 그런데 5월 1일자 일기에는 딸 토시꼬의 도움으로 남편이 자신의 일기를 찾았을지도 모른다고 상상한다. 이후 아내는 한달 정도 일기쓰기를 멈추었다가 6월 9일에 다시 쓰기 시작하는데 마지막 6월 11일까지 사흘간에 쓴 장문의 일기에서 아내는 그동안 남편이 읽었을 자신의 일기 내용은 '거짓'이라는 것, 키무라와의 관계는 남편의 바람대로 '아슬아슬한 선'까지만 간 것이 아니라 그 선을 넘어섰다는 것, 남편의 죽음은 자기가 부추긴 결과라는 것을 밝히고 있다. 일본의 고전문학에서 배태된 일기문학은 작가 개인의 내면을 깊이 응시하는 형식인 데 반해,『열쇠』에서 아내의 일기는 자기 내면을 거짓으로 위장하기 위한 수단인 셈이다. 그렇다면 아내가 훔쳐보는 것을 당연시하고 쓴 남편의 생전 일기는 어떨까. 아내가 읽은 남편의 일기에도 마찬가지로 거짓이 쓰여 있을지 모른다. 죽은 남편의 진심은 아내가 자신의 일기에 거짓이 있다고 말하는 순간 영원히 감추어지고 만다.

『열쇠』에 등장하는 남편, 아내, 딸, 키무라는 서로의 마음을 알 수가 없다. 일기를 쓰는 남편과 아내는 상대방에게 보이는 것을 전제로 한 일기에 결코 자기의 속마음을 솔직히 담지 않았을 것이다. 이들의 성생활에 조력하는 딸과 키무라의 마음도 끊임없이 남편과 아내에 의해 의심을 받는다. 질투를 성욕의 자극제로 쓰는 남편은 키무라와 아내가 도대체 어느 선까지 갔는지 몰라 노심초사한다. 아내는 딸이 알선해준 자신의 밀회 장소에서 혹시 딸이 키무라와 육체관계를 맺지나 않았는지 의심한다.『열쇠』에서 딸과 키무라는 일기를 쓰는 주체가 아니므로, 더욱 그 두 사람의 마음은 오리무중이다.『열쇠』는 이 네명의 관계망에서 극도의 심리전이 전개되지만 이들은 상대방의 마음을 제대로 파악하지 못한다. 독자 역시 무엇이 남편의 진심이고 무엇이 아내의 진심인지, 딸은 도대체 무슨 생각으로 엄마와 키무라의 밀회를 엮어주는지, 키무라는 무슨 꿍꿍이속에서 남편에게 폴라로이드 사진기를 빌려주며, 왜 딸과 형식적으로 결혼하면서 장모 될 사람과 한집에서 살 계획을 꾸미는지 소설을 다 읽어도 분명히 알 수가 없다. 아내와 딸과 키무라는 남편을 죽음으로 몰고 가는 공모자이기는 하지만, 남편이 죽은 후 이 공모관계는 어떤 방향으로 나아갈까. 딸과 키무라가 형식적인 결혼을 하고 셋이 함께 산다고 하는 소설의 결말 부분에서 그것은 암시되고 있다. 정숙해 보이는 아내에게 '음부(淫婦)'의 자질이 있음을 일깨워준 남편은 성욕으로 죽음에 이르지만, 남편으로 인해 꽃피운 아내의 성욕이 앞으로 걷게 될 길은 '성'이 갖는 파멸성을 일찍이 자각한 작가에 의하면 자멸의 길이 예정되어 있다고 볼 수 있다.

그런데 노골적인 성 묘사로 점철된 『열쇠』에 등장하는 인물이 하나같이 성에만 정신이 팔려 있지 일상생활에는 거의 관심을 기울이지 않음을 알 수 있다. 그래서 발표 당시부터 등장인물이 너무나 추상적이라는 비판이 있었다. 영문학 작품을 읽는 남편은 과거에 키무라를 제자로 두었던 대학교수처럼 보이지만 그가 대학에서 강의하는 인물이라는 사실은 거의 그려지지 않는다. 과년한 딸을 둔 아내는 가끔 장도 보러 가고 양장도 맞춰 입지만 모녀간의 친밀한 애정은 거의 보여주지 않는다. 딸과 키무라의 일상 모습은 부부의 성생활과 관련해 조금만 드러날 뿐이다. 그러므로 성을 구가하는 인물들을 자세히 들여다보면 현실적인 인간의 모습을 하고 있지 않다. 성이라는 은밀한 영역에 렌즈를 들이대기 위해 작가는 성욕 외에는 다른 모든 의지를 말소시켰는지도 모른다. 성을 묘사하면서도 그 성을 가능하게 하는 인간의 생명력은 『열쇠』 안에서 끊임없이 위협받고 있는 것이다. 문학평론가 시부사와 타쓰히꼬(澁

澤龍彥)는 "준이찌로오의 섹스에 대한 태도를 한마디로 말하면, 그것은 공포를 동반한 불가지론일 것이다. 성의 본질, 그 궁극적인 근거는 준이찌로오에게는 끝내 인식될 수 없는 것이다. 혹은 인식할 생각도 없이 그는 여체로 표상된 섹스의 비합리적인 지배력 앞에 스스로 굴복하는 것을 기뻐한다. 싸드라면 신 또는 자연에 대한 반역이라는 계기에 의해 이 불가지론을 극복하여 형이상학의 세계에서 자기의 기반을 굳히려 할 것이다. 싸디즘은 본디 이러한 형이상학적인 충동을 포함하고 있으나, 준이찌로오는 스스로 마조히즘에 의해 이와 같은 무익한 충동의 일체를 버렸던 것이다"라고 말하고 있다. 타니자끼 준이찌로오는 1928년에 발표한 소설「여뀌 먹는 벌레(蓼喰う虫)」에서 여자는 '신' 아니면 '완구' 어느 한쪽에 해당한다고 쓰고 있다. 그가 쓴 작품에서 여성이 성을 장악한 존재임을 염두에 둔다면 그에게 성은 신적인 차원의 것이리라. 신으로 표상되는 성은 인간에게 불가지론적인 것이고, 그 성에 대한 욕망을 안고 살아가는 인간의 마음은 그 누구도 알 수 없다는 생각이 『열쇠』에 나타나 있다고 볼 수 있다. 작가가 그리는 성이 생명력과는 무관하게 죽음 혹은 허무로 귀결되는 것도 이런 연유에서이지 않을까. 『열쇠』를 발표하고 5년이 지난 1961년에 75세가 된 그는 77세 노인의 일기라는 형식을 취한『미치광이 노인의 일기(瘋癲老人日記)』를 썼다. 이 작품은 육체적으로 성을 향유할 수 없는 병약한 노인이 젊은 며느리와 접촉하며 성적인 즐거움을 느낀다는 내용이다. 실제적인 성이 아닌 성에 대한 관념이 성 불능의 노인에게 생명력을 불어넣어주고 있으나, 그 생명력은 곧 꺼질 촛불과 같은 것이어서 노인의 성에 대한 욕구는 쓴웃음을 자아내게 한다.『열쇠』에서처럼 성욕이 죽음을 초래하는 일은 없으나, 결국『열쇠』의 남편과 마찬가지로 성에 집착할수록 죽음에 더 가까이 간다는 사실이 '미치광이 노인'의 절실함 속에서 그려진다. 그 절실함은 인간존재에 대한 허무함과도 상통한다.

타니자끼 준이찌로오는 1886년 토오꾜오에서 사업을 하는 부모 밑에서 태어났다. 어릴 때 신동이라 불렸으며 토오꾜오 제국대학에 입학한 후 창작활동을 시작했다. 그는 1910년에 문단 데뷔작이라 할 수 있는「문신」을 발표한 이래『미치광이 노인의 일기』에 이르기까지 50여년간 쉬지 않고 지속적으로 문제작을 발표하였다. 카와바따 야스나리보다 먼저 노벨문학상 후보에 올랐고, 좀더 오래 살았으면 노벨문학상을 받았을 것이라는 이야기가 전해져온다. 초기부터 서양문화에 지대한 관심을 보였던 그는 일본에서는 보기 드물게 일찍 영화에 눈뜬 작가였다. 1920년대에 그는 시나리오를 쓰면서 영화 제작에 직접 참여하기도 했다. 그가 최초로 세상에 내놓은 작품이 1910년『신사조(新思潮)』에 발표한 희곡「탄생(誕生)」이라는 점에서도 알 수 있듯이 영화는 그에게 전혀 생소한 분야가 아니었다. 그는 희곡을 1930년대 초반까지 수십편을 발표했으며 그 가운데 몇편은 무대에 오르기도 했다. 일본에서 영화에 일찍 눈뜬 작가로 평가받고 있는 그는 수필「활동사진의 현재와 미래」(1917)에서 인류 역사상 가장 위대한 발명품으로 '술'과 '음악'

과 '영화'를 꼽았으며 문학보다도 영화가 앞으로 더 발전할 것이라고 전망했다. 그러나 영화 제작에서 손을 떼면서 차츰 영화와는 멀어졌고, 오히려 영상이 아닌 언어적 실험을 통한 새로운 작품 창작에 힘을 쏟았다.

작가는 1923년 칸또오 대지진을 계기로 거주지를 쿄오또 근처로 옮긴 후부터 영화보다는 일본의 고전에 관심을 기울여 고전적 색채가 물씬 풍기는 소설「요시노꾸즈(吉野葛)」(1931)「아시까리(蘆刈)」(1932)「슌낀쇼오(春琴抄)」(1933) 등을 잇따라 발표했다. 1933년에 쓴 수필「음예 예찬(陰翳禮讚)」은 일본의 고전적 미의식인 '음예의 세계'('미'는 물체 자체에 있는 것이 아니라 물체와 물체 사이에서 생기는 그늘이나 어둠과 같은 데에 있다는 내용)를 문학언어 속에서 되살리겠다는 다짐으로 끝을 맺고 있다. 또한 1934년에 저술한 『문장독본(文章讀本)』은 일본어의 고전적 문장을 현대 문장에서 적극적으로 활용하자는 취지를 담고 있다. 이러한 문학적 태도를 아주 잘 보여준 시도가 일본의 대표적 고전『겐지모노가따리(源氏物語)』를 현대어로 옮기는 작업이었다. 그리고 이 과정에서 그는 장편소설『세설(細雪)』을 집필하였다. 1943년에 발표된『세설』은 군국주의 시대에 어울리지 않는 풍속을 그렸다는 이유로 판매금지를 당했다. 전쟁이 끝나고 1948년에 전3권으로 완간된『세설』은 곧바로 베스트셀러로 자리잡았다. 1937년부터 1941년까지의 시기에 전쟁과 무관하게 전통의 고장 쿄오또에서 일본의 세시풍속을 즐기며 사는 네 자매의 이야기를 그린『세설』은 패전의 폐허 속에서 일본의 전통미를 맛볼 수 있게 했으며 상처받은 일본인들에게 위안을 주었다. 여주인공은 『열쇠』의 아내처럼 고풍스럽고 조신하며 일본의 전통적 미를 체현하고 있는 인물로 그려진다. 여주인공의 결혼을 둘러싼 혼담이 『세설』의 주요 줄거리인데, 아름다운 여주인공은 간신히 결혼에 성공하나 소설 마지막에서 열차 안에서 멈추지 않는 설사에 시달리는 모습을 보인다. 『세설』에는 성욕이 전혀 표출되지 않고 오히려 '음예'의 세계가 가득 펼쳐진다. 하지만 여주인공의 이후 모습이 『열쇠』에 나오는 아내의 모습일 것이라는 점은 상상하기 어렵지 않다.

타니자끼 준이찌로오는 사망하기 2년 전인 1963년 수필 「세쓰고 암자 야화(雪後庵夜話)」에서 문학적 영감을 가장 많이 준 세번째 아내 마쓰꼬와 만나 결혼에 이르기까지의 경위를 밝히고 있다. 그와 마쓰꼬의 결혼은 일본 문단에서 오랫동안 회자된 스캔들이었다. 그는 첫번째 아내를 동료 작가인 사또오 하루오에게 양도했고, 신문광고를 통해 젊은 여기자를 두번째 아내로 맞이했다. 이 결혼은 그가 평소 사모하던 유부녀 마쓰꼬를 잊지 못해 종지부를 찍고 만다. 결국 마쓰꼬와의 결혼에 성공한 그는 만년에 자기가 사랑한 여성과 결혼한 이야기를 쓴 이 수필의 첫머리에서 다음과 같은 와까(和歌, 5·7·5·7·7 음보로 이루어지는 일본 고유의 정형시)를 썼다. "나라는 사람의 마음은 단지 한 사람 나 이외에는 아는 사람이 없다." 인생의 끝자락에서 '나'의 마음을 타인은 절대 알 수 없다고 읊는 노작가의 목소리는 『열쇠』의 등장인물들이 내고 있는 주조음인지도 모른다. 인간의 심연에 깊이 파고들수록 더욱더 알 수 없는 이 마음이야말로 타니자끼 준이찌로오가 작품에서 그리고자 했던 세계였을 것이다.

이런 각도에서 살펴보면 타니자끼 준이찌로오를 '탐미파' 작가라고 부를 수도 있지만 그가 펼쳐 보인 폭넓은 문학세계는 한 유파에만 가둘 수 있는 성질의 것은 아니다. 물론 작가는 여성의 미, 육체, 성에 관심을 기울이면서 자신의 문학세계를 견인해나갔다. 그러나 이러한 주제의 일관성은 그의 문학의 평이함으로 이어지지는 않았다. 여성을 중심에 두면서도 작가는 창작실험을 거듭하였던 것이다. 초기의 중단편 소설을 주제별로 묶은 '준이찌로오 래버린스(labyrinth)' 씨리즈 전16권(中央公論新社 1998)은 초기 단편, 마조히즘, 자화상, 근대적 치정, 소년 왕국, 이국 기담, 괴기적 환상, 범죄소설, 아사꾸사, 분신, 은막의 저편, 신과 인간, 관능, 여인 환상, 요꼬하마, 희곡 걸작 등의 제목을 달고 출간되었다. 여기에 수록되지 않은 고전적 취향의 1930년대 소설과 노인의 성 등을 주제로 한 말년의 작품까지 포함하면 그의 문학세계가 얼마나 다양한 색채를 띠는지 대략 알 수 있다. 또한 그는 1910년대에 토머스 하디, 오스카 와일드, 스땅달 등 서양 문학작품을 일본어로 번역하기도 했다. 일본 고전의 현대어 번역과 더불어 그는 번역을 매개로 하여 일본어의 특징을 가장 잘 살릴 수 있는 문학언어를 발굴하는 데에도 주력했던 것이다.

『열쇠』의 번역 저본으로 1973년에 나온 『鍵ᵃᵍⁱ』(中央公論新社)를 사용하였다. 이 일본어 원본을 보면 외형적으로 두가지 특징이 눈에 들어온다. 첫째로 남편의 일기는 카따까나와 한자, 아내의 일기는 히라가나와 한자로 기록되어 있다는 것이고, 둘째는 소설 곳곳에 판화 삽화가 곁들여져 이야기의 진행을 돕고 있다는 것이다. 다행히 이번 한국어 번역본에서는 두번째의 특징을 고스란히 담을 수 있게 되었다. 일본인으로서는 처음으로 세계판화대상을 수상한 무나까따 시꼬오(棟方志功)가 1956년에 그린 59점의 판화는 타니자끼 준이찌로오의 요구로 『열쇠』의 삽화로 들어갔다. 문장에서는 맛볼 수 없는 『열쇠』의 관능성이 시각적으로 잘 드러나는바, 굵은 검정색 선은 '성'의 관념성을 더욱 도드라지게 하면서 현실세계로 이끄는 역할도 한다. 이들 판화를 어떻게 소설과 함께 즐기느냐는 독자의 몫이라 할 수 있다. 그런데 남편과 아내의 일기에 사용된 글자체는 한국어 번역에서 살리기에는 제약이 따랐다. 주지하다시피 일본어의 표기는 세계에서도 유래가 없는 히라가나, 카따까나, 한자, 이 세가지로 이루어진다. 알파벳만 사용하는 영어나 한글만 사용하는 한국어와는 또 다르다. 타니자끼 준이찌로오는 『문장독본』에서 언어의 외형이 나타내는 형상성을 아주 중시했다. 문장부호 하나까지도 그 사용에 주의를 요할 것을 주문하면서 글자의 모습과 글의 내용이 깊은 관련을 맺는다는 점을 지적하고 있다. 그러므로 어떤 일본어 글자체를 선택하느냐에 따라 글의 성격은 달라지는 것이다. 예전부터 일본에서 히라가나는 여성의 글자, 카따까

나는 남성의 글자라고 했다. 지금은 이러한 점이 희미해져 카따까나는 외래어 표기에만 주로 이용되고 있지만, 근대 초기까지는 공문서나 남성의 일기 등은 대개 카따까나로 기록했다. 작가는 이 점을 염두에 두고 남편의 일기에는 카따까나, 아내의 일기에는 히라가나로 썼다. 이로써 남성의 일기에 쓰인 카따까나는 행동과 논리라는 남성적 세계를 주로 포괄하며, 여성의 일기에 사용된 히라가나는 감정과 심리적인 내면의 세계를 주로 반영한다. 이와 같은 일본어의 언어적 특성을 충분히 살린 작가의 기교가 한국어 번역본에서는 어느정도 약화되는 것은 피할 수 없었다.

그리고 번역하는 과정에서 까다로웠던 또 한가지는 등장인물 간에 사용된 호칭이었다. 인명과 직업명에 붙는 일본어의 '상(さん)'은 한국어의 '씨'로 옮길 수밖에 없는데, 역시 인명에 사용되는 일본어의 '시(氏)'도 한국어의 '씨'에 해당하므로 한국어 번역에서 이 둘을 구분하는 일은 쉽지 않다. 아내의 일기에 등장하는 키무라에 대한 호칭은 처음에는 '상'으로 등장하다가 두 사람의 접촉이 '아슬아슬한 선'에 도달할 때에는 '시(氏)'로 바뀌고 그 선을 넘고 나서는 아예 '상'도 '시'도 붙이지 않고 '키무라'로만 쓰고 있다. 두 사람의 관계가 호칭의 변화 속에 투영되어 있음을 알 수 있다. 남편과 아내, 남편과 딸, 아내와 딸의 관계에서도 호칭이 서로간의 거리와 관련이 있음을 보여준다. 남편이 아내를 가리킬 때에는 이름 외에 '그녀(彼女)' '당신(お前)' '아내(妻)' '마누라(女房)' 등의 호칭과 인칭 대명사가 이용된다. 남편과 아내는 딸에 대해서 이름 외에 '그녀(彼女)'라는 인칭 대명사를 사용한다. 부모가 딸을 '그녀'로 지칭하는 것은 딸의 역할이 가족의 범위를 벗어난 차원으로 설정되어 있기 때문이다. 아내가 남편을 가리킬 때는 '남편(夫)' '그(彼)' '고인(故人)' '이 사람(この人)' '이 남자(この男)' 등이 이용되고 있다. 아내는 상황에 따라 남편을 다르게 지칭하고 있으며 여기에는 남편에 대한 아내의 시시각각 변화하는 심리가 반영되어 있다. '성'을 둘러싼 투쟁을 그리고 있는 『열쇠』는 다양한 호칭이 구사되면서 서로 투쟁하는 관계망을 명료하게 보여주고 있다. 이러한 문맥이 한국어 번역에서 온전히 살아나지 못한 것은 '성'이 인간존재의 불투명성을 반영하듯이, 번역은 언어문화의 불투명성을 드러내기 때문인지도 모른다.

　『열쇠』의 등장인물들이 실생활과 동떨어진 '추상적인 인간'이라는 점을 앞에서 언급했는데, 호칭의 다양한 변화는 등장인물의 추상성을 구상성으로 전환시켜준다. 나아가 『열쇠』에서 '성'에 관심을 집중시키는 인간들이 결코 현실세계와 유리되어 있는 존재가 아니라는 점을 여기서 지적해두고자 한다. 소설에는 자잘한 일상적 소도구와 사회풍속이 곳곳에 배치되어 있으니, 소설 첫 부분에 등장하는 아내가 마시는 브랜디 꾸르부아지에를 비롯해서 사진기, 복용하는 약이나 주사약, 제임스 스튜어트와 아꾸따가와 류우노스께와 같은 인명, 영화, 책, 외국인, 쿄오또의 거리, 온천 마크가 있는 여관과 도덕관념에 구애받지 않고 자유분방한 '노는 애(アプレノ人)' 등 당시의 풍속과 실제 사회의 구체적 형상이 등장인물의 배

경에 깔려 있다. 1950년대 일본의 사회풍속을 어떻게 생생하게 전달해야 할지 번역하면서 적지 않은 부담이 있었다. 이런 점을 감안하면서 독자들이 작품을 음미해주길 바랄 뿐이다.

『열쇠』의 한국어 번역은 1960년에 남소희 번역, 이원수 번역, 신여원사의 편집부에서 번역한 판본 3종이 나온 것을 비롯해 1966년에 박종우 번역본, 1992년에 한혜숙 번역본, 1992년에 신동욱 번역본, 2002년에 김용기 번역본이 출판되었다. 박종우 번역본을 제외한 나머지 번역본은 모두 입수하였으나, 까다로운 부분 몇군데를 어떻게 옮겼는지 참조하는 정도에 그쳤다. 앞에서 한 번역을 더 살펴 거기에서 달성된 양질의 번역을 살리고 현재에 맞는 번역문을 산출했어야 하는데 게으름에 그러지 못한 점이 아쉽고 선행 번역본에서 범하지 않은 오류를 행여나 이번에 저지르지나 않았는지 염려스럽기도 하다. 하지만 모자란 점이 있다면 모두 역자의 능력이 미치지 못한 탓일 것이다.

이한정(상명대 일본어문학과 교수)

작가연보

1886년   7월 24일 토오꾜오 니혼바시에서 데릴사위였던 아버지 타니자끼 쿠라고로오(谷崎倉伍郞)와 어머니 세끼(関) 사이에 태어났으며 큰 형이 생후 사흘 만에 사망했기 때문에 장남으로 호적에 오름.

1888년   외조부 타니자끼 큐우에몬(谷崎久右衛門) 58세로 사망. 아버지가 사업을 이어받음.

1891년   동생 타니자끼 세이지(谷崎精二) 출생.

1892년   사까모또진조오(阪本尋常) 소학교에 입학. 매우 내성적인 도련님으로 자라서 유모가 등굣길에 동행함.

1901년   사까모또진조오 소학교 고등과를 2등으로 졸업. 아버지의 사업 부진으로 중학교 진학이 어려웠지만 본인의 간청과 이나바 선생

	의 권고, 큰아버지의 도움으로 토오꾜오 부립제일중학교에 입학. 문예부원으로『학우회잡지』에 한시 등을 게재.
1902년	『학우회잡지』에 「염세주의를 논하다」를 발표. 가세가 더 기울어 학교를 그만둘 지경에 이르렀으나 와따나베 선생 등의 알선으로 세이요오껜(精養軒)의 경영자인 키따무라 시게마사(北村重昌)의 집에 가정교사로 들어감. 성적이 월등하게 뛰어나 3학년으로 진급함.
1903년	『학우회잡지』에 「도덕적 관념과 미적 관념」을 발표.
1905년	토오꾜오 부립제일중학교 졸업. 제일고등학교에 입학.
1907년	제일고등학교의 문예부원이 됨. 가정교사로 있던 키따무라 집안의 하녀 후꾸꼬에게 보낸 연애편지가 발각되어 그 집에서 쫓겨남. 큰아버지와 소학교 친구로부터 학비를 원조받음. 기숙사 생활을 시작함.
1908년	제일고등학교 졸업. 니혼바시에 있던 부모님 집으로 들어감. 토오꾜오 제국대학 국문과 입학.
1909년	희곡 「탄생」을 『제국문학』에 투고하지만 실리지 못함. 신경쇠약으로 고생함.
1910년	『신사조』 9월호에 희곡 「탄생」 발표. 11월호에 「문신」, 12월호에 「기린」을 잇따라 발표.
1911년	수업료 미납으로 토오꾜오 제국대학에서 퇴학당함. 『미따문학(三田文學)』 11월호에 나가이 카후우(永井荷風)가 「문신」을 극찬하는 평론을 실어 일약 문단의 총아로 떠오름. 12월에 첫번째 창작집

	『문신』 출간.
1912년	쿄오또를 비롯해 여러 곳을 떠돌아다님. 신경쇠약 재발함. 징병검사 불합격 판정. 「비밀」 「악마」를 『중앙공론(中央公論)』에 발표.
1915년	이시까와 치요(石川千代)와 결혼.
1916년	「신동」과 희곡 「공포시대」 등을 발표. 장녀 아유꼬(鮎子) 출생.
1917년	어머니 사망. 자전적 소설 「이단아의 슬픔」 발표.
1918년	「작은 왕국」을 발표하고, 단신으로 조선, 만주, 중국 여행.
1919년	「어머니를 그리는 글」 「조선잡관」 「쑤저우 기행」 발표. 아버지 사망. 사또오 하루오(佐藤春夫)와 교제. 오다와라로 이사함.
1920년	요꼬하마의 타이쇼오(大正) 촬영주식회사 각본부의 고문으로 취임. 시나리오 「아마추어클럽」 탈고, 영화 제작에 참여함.
1921년	아내 치요를 사또오 하루오에게 양도하기로 했으나 약속 번복. 사또오 하루오와 절교함(오다와라 사건이라 불림).
1923년	9월 1일에 칸또오 대지진이 발생하자 지진 공포증으로 쿄오또 근처로 이주.
1924년	「치인의 사랑」 연재하나 검열로 일시 중단됨.
1926년	중국 상하이 여행. 중국 문학인들과 교류. 사또오 하루오와 화해.
1927년	「요설록」을 발표하면서 아꾸따가와 류우노스께와 소설의 줄거리에 관한 논쟁을 벌임. 아꾸따가와의 자살로 중단됨. 오오사까의 부호 네즈 집안의 남자와 결혼한 유부녀 네즈 마쓰꼬(根津松子)와 알게 됨.
1928년	「만」 「여뀌 먹는 벌레」 발표.

1930년	『타니자끼 준이찌로오 전집』(전12권) 간행. 아내 치요와 이혼. 치요는 사또오 하루오와 결혼하고 이 사실을 세 사람 명의로 각 신문에 발표함(아내 양도 사건).
1931년	여기자 후루까와 토미꼬(古川丁未子)와 결혼. 네즈 마쓰꼬를 묘사한 「장님 이야기」 발표.
1932년	네즈 마쓰꼬와 연애 시작. 「아시까리(蘆刈)」 발표.
1933년	아내 토미꼬와 별거. 「슌낀쇼오(春琴抄)」 「음예예찬(陰翳禮讚)」 발표.
1934년	마쓰꼬와 효오고현에서 함께 생활함. 베스트셀러 『문장독본』 간행.
1935년	마쓰꼬와 결혼. 『겐지모노가따리(源氏物語)』를 현대어로 옮기는 일에 착수.
1937년	제국예술원 회원에 선출됨.
1939년	『준이찌로오 역 겐지모노가따리』(전26권) 간행.
1942년	아따미의 별장을 빌려서 『세설(細雪)』 집필 시작.
1943년	『세설』 검열로 발표 금지됨.
1944년	『세설』 상권 자비 출판.
1945년	공습을 피해 오까야마, 카쓰야마 등으로 피난.
1946년	쿄오또로 이사. 『세설』 상권 간행.
1947년	『세설』 중권 간행. 『세설』 하권을 『부인공론』에 발표. 고혈압 증상이 악화되어서 작품 집필이 곤란해짐. 『세설』로 마이니찌출판문화상 수상.
1948년	『세설』 하권 간행.
1949년	『세설』로 아사히문화상 수상. 시가 나오야 등과 함께 문화훈장 받

작가연보 203

	음. 「시게모또 소장의 어머니(少將滋幹の母)」 발표.
1950년	아따미의 별장 구입. 건강상의 이유로 여름과 겨울을 아따미에서 보냄.
1951년	『준이찌로오 신역 겐지모노가따리』(전12권) 간행. 문화공로자로 선정됨.
1956년	『열쇠』 발표. 아따미의 별장에서 지내는 일이 많아져서 쿄오또의 집을 매각함.
1957년	자선판 『타니자끼 준이찌로오 전집』(전30권) 간행.
1958년	가벼운 마비증세로 의사에게서 요양을 권고받음.
1959년	오른손 마비로 구술 집필. 「고혈압의 추억」 발표.
1960년	협심증으로 토오꾜오 대학병원에 입원.
1961년	『미치광이 노인의 일기』 발표.
1963년	『미치광이 노인의 일기』로 마이니찌예술상 수상.
1964년	전미예술원, 미국 문학예술아카데미 명예회원이 됨. 구술 집필한 『준이찌로오 신신역 겐지모노가따리』(전10권 별책1권) 발표.
1965년	토오꾜오 대학병원에 입원 후 퇴원. 쿄오또에서 휴양. 7월 30일 아침에 카나가와현 유가와라쪼오(湯河原町) 자택에서 심부전증과 신부전증이 함께 발병해 사망. 묘지는 쿄오또의 호오넨인(法然院)에 있음.

발간사

고전의 새로운 기준, 창비세계문학

 오늘날 우리는 인간의 존엄과 개성이 매몰되어가는 시대를 살고 있다. 물질만능과 승자독식을 강요하는 자본주의가 전지구적으로 확산되면서 현대사회는 더 황폐해지고 삶의 질은 크게 훼손되었다. 경제성장만이 최고의 선으로 인정되고 상업주의에 물든 문화소비가 삶을 지배할수록 문학은 점점 더 변방으로 밀려나고 있다. 삶의 본질을 성찰하는 문학의 자리가 위축되는 세계에서는 가진 자와 못 가진 자 할 것 없이 모두가 불행할 수밖에 없다.
 이 시대야말로 인간답게 산다는 것의 의미가 무엇인지 근본적인 화두를 다시 던지고 사유의 모험을 떠나야 할 때다. 우리는 그 여정에 반드시 필요한 벗과 스승이 다름 아닌 세계문학의 고전이라는 점을 강조한다. 고전에는 다양한 전통과 문화를 쌓아올린 공동체의 경험이 녹아들어 있고, 세계와 존재에 대한 탁월한 개인들의 치열한 탐색이 기록되어 있으며, 새로운 세상을 꿈꾸는 아름다운 도전과 눈물이 아로새겨 있기 때문이다. 이 무궁무진한 상상력의 보고이자 살아 있는 문화유산을 되새길 때만 개인의 일상에서 참다운 인간적 가치를 실현하고 근대적 삶의 의미와 한계를 성찰하는 지혜를 얻을 수 있을 것이다.

'창비세계문학'은 이러한 문제의식에서 출발한다. 세계문학의 참의미를 되새겨 '지금 여기'의 관점으로 우리의 정전을 재구성해야 할 필요성이 그 어느 때보다 절실하다. '정전'이란 본디 고정된 목록으로 존재하는 것이 아니라 그때그때 주어진 처소에서 새롭게 재구성됨으로써 생명을 이어가는 것이다. 우리는 먼저 전세계 문학들의 다양성과 차이를 존중하면서 국가와 민족, 언어의 경계를 넘어 보편적 가치에 기여할 수 있는 가능성에 주목하고자 한다. 근대를 깊이 성찰한 서양문학뿐 아니라 아시아와 라틴아메리카, 중동과 아프리카 등 비서구권 문학의 성취를 발굴하고 재평가하는 것 역시 세계문학의 지형도를 다시 그리려는 창비의 필수적인 작업이 될 것이다.

여러 전집들이 나와 있는 세계문학 시장에서 '창비세계문학'은 세계문학 독서의 새로운 기준이 되고자 한다. 참신하고 폭넓으면서도 엄정한 기획, 원작의 의도와 문체를 살려내는 적확하고 충실한 번역, 그리고 완성도 높은 책의 품질이 그 기초이다. 독서시장을 왜곡하는 값싼 유행과 상업주의에 맞서 문학정신을 굳건히 세우며, 안팎의 조언과 비판에 귀 기울이고 독자들과 꾸준히 소통하면서 진정 이 시대가 요구하는 세계문학이 무엇인지 되묻고 갱신해 나갈 것이다.

1966년 계간 『창작과비평』을 창간한 이래 한국문학을 풍성하게 하고 민족문학과 세계문학 담론을 주도해온 창비가 오직 좋은 책으로 독자와 함께해왔듯, '창비세계문학' 역시 그러한 항심을 지켜나갈 것이다. '창비세계문학'이 다른 시공간에서 우리와 닮은 삶을 만나게 해주고, 가보지 못한 길을 걷게 하며, 그 길 끝에서 새로운 길을 열어주기를 소망한다. 또한 무한경쟁에 내몰린 젊은이와 청소년들에게 삶의 소중함과 기쁨을 일깨워주기를 바란다. 목록을 쌓아갈수록 '창비세계문학'이 독자들의 사랑으로 무르익고 그 감동이 세대를 넘나들며 이어진다면 더없는 보람이겠다.

2012년 가을
창비세계문학 기획위원회

창비세계문학 16
열쇠

초판 1쇄 발행/2013년 6월 28일

지은이/타니자끼 준이찌로오
그린이/무나까따 시꼬오
옮긴이/이한정
펴낸이/강일우
책임편집/권은경·김성은
펴낸곳/(주)창비
등록/1986년 8월 5일 제85호
주소/413-120 경기도 파주시 회동길 184
전화/031-955-3333
팩시밀리/영업 031-955-3399 편집 031-955-3400
홈페이지/www.changbi.com
전자우편/lit@changbi.com

ⓒ (주)창비 2013
ISBN 978-89-364-6416-5 03830

* 이 책 내용의 전부 또는 일부를 재사용하려면
  반드시 저작권자와 창비 양측의 동의를 받아야 합니다.
* 책값은 뒤표지에 표시되어 있습니다.